하멜 표류기

1218 보물창고 ⓘ
하멜 표류기

펴낸날 초판 1쇄 2017년 1월 20일 | 초판 3쇄 2020년 2월 25일
지은이 헨드릭 하멜 | **영역** 얀-파울 바위스 | **국역** 최지현 | **펴낸이** 신형건
펴낸곳 (주)푸른책들 · **임프린트** 보물창고 | **등록** 제321-2008-00155호
주소 서울특별시 서초구 양재천로7길 16 푸르니빌딩 (우)06754
전화 02-581-0334~5 | **팩스** 02-582-0648
이메일 prooni@prooni.com | **홈페이지** www.prooni.com
인스타그램 @proonibook | **블로그** blog.naver.com/proonibook
ISBN 978-89-6170-583-7 74800

ⓒ 왕립아세아학회한국지부, (주)푸른책들, 2017

*잘못된 책은 구입한 곳에서 바꾸어 드립니다.
*이 책 내용의 일부 또는 전부를 재사용하려면 반드시 저작권자와
(주)푸른책들의 서면 동의를 얻어야 합니다.

이 도서의 국립중앙도서관 출판시도서목록(CIP)은 서지정보유통지원시스템 홈페이지
(http://seoji.nl.go.kr)와 국가자료공동목록시스템(http://www.nl.go.kr/kolisnet)에서 이용하실 수
있습니다.(CIP제어번호: CIP2016029123)

보물창고는 (주)푸른책들의 어린이·청소년 도서 임프린트입니다.

(주)푸른책들은 도서 판매 수익금의 일부를 초록우산 어린이재단에 기부하여
어린이들을 위한 사랑 나눔에 동참합니다.

헨드릭 하멜 동상 네덜란드 호린험 출신으로 동인도연합회사에 소속된 회계사였다. 1653년 조선에 표착하여 1666년 일본으로 탈출하기까지 13년간 억류되어 있었으며, 이 책의 원저자이다. 그가 쓴 보고서는 조선을 유럽에 최초로 알린 공식적인 기록이다.

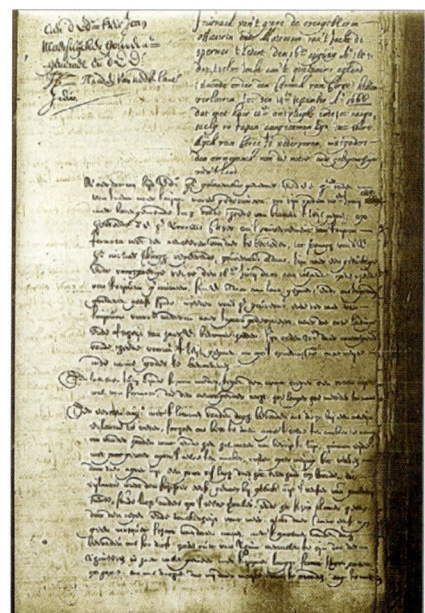

하멜의 육필 보고서 사본 조선에 억류된 13년간의 밀린 임금을 요청하기 위해 자필로 쓴 보고서이며, 원본은 네덜란드 국립공문서관에 소장되어 있다.

동인도연합회사(VOC) 암스테르담 본부(현재 암스테르담 대학) 동인도연합회사는 무역 회사들의 경쟁과 난립을 방지하기 위해 1602년에 네덜란드 정부의 주도로 통합된 세계 최초의 주식회사였다. 무역 독점, 식민지 경영 등 막강한 권력을 가지고 있었으며 6개의 지부 중 암스테르담의 규모가 가장 컸다.

바타비아 항구(1780) 오늘날 인도네시아의 수도 자카르타로 당시 네덜란드의 식민지였다. 네덜란드는 1619년부터 이곳에 동인도연합회사를 설치하고 아시아 무역의 거점지로 이용했다.

〈암스테르담 증권 거래소 안뜰〉(엠마뉘엘 데 비터 作, 1653) 17세기 초에 세워진 세계 최초의 증권 거래소로 암스테르담은 유럽 전체의 금융 중심지로 성장했다. 하멜이 우리나라에 표류한 해와 같은 해에 그려진 그림으로 당시 암스테르담의 황금기를 엿볼 수 있다.

남한산성 동문 백제 시대부터 조선 시대까지 수도의 방어 역할을 했던 요새이며, 병자호란 당시 인조와 신하들이 피신해 있던 곳으로 유명하다. 하멜은 남한산성에 대해 '튼튼한 요새'라고 쓰고 있다. 문화체육관광부 제공.

전라좌수영 지도(1847) 이순신의 본영이었던 전라좌수영의 회화식 지도로 군사 시설이었던 성곽과 주요 시설이 잘 표현되어 있다. 하멜과 일곱 명의 일행이 탈출하기 전에 마지막으로 머물렀던 곳이다. 규장각 소장.

초량왜관 전경(1783) 부산에 있었던 왜관이다. 조선 후기 일본과의 외교 및 무역의 중심지였으며, 연간 50척의 무역선이 출입했다. 하멜은 이곳에 대해 중국을 제외한 조선의 유일한 교역소라고 말한다. 국립중앙박물관 제공.

데지마섬과 나가사키만(1820) 나가사키만에 만들어진 부채꼴 모양의 인공 섬으로 네덜란드 교역소가 있었다.

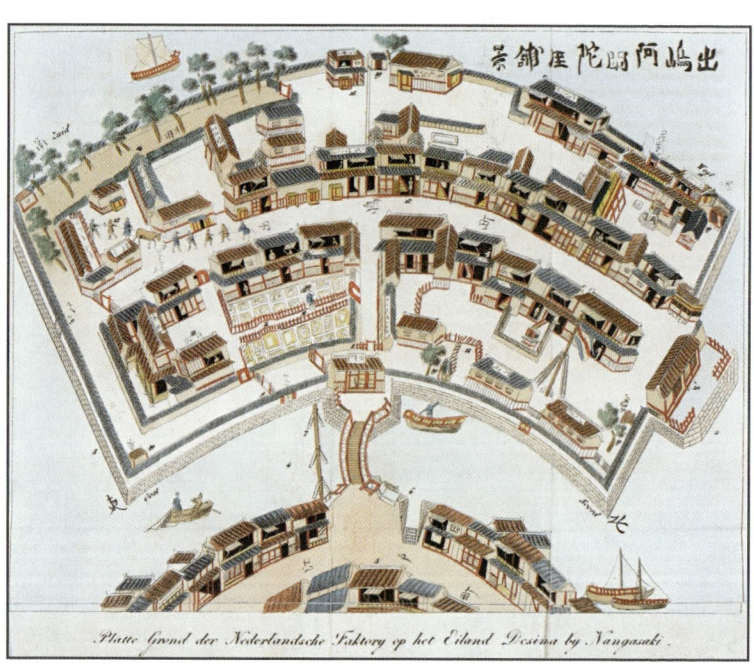

데지마섬 내부도 일본으로 탈출한 하멜 일행은 고국으로 돌아가기 전 1년간 이 섬에서 일본인들의 감시 아래 있었다.

하멜 표류기

헨드릭 하멜 지음 | **최지현** 옮김

보물창고

일러두기

1. 이 책은 하멜이 쓴 보고서에 대해 체계적인 연구로 그 권위를 인정받고 있는 네덜란드의 린스호텐 학회가 출간한 후팅크 판을 영어로 번역한 얀-파울 바위스의 『Hamel's Journal and a description of the Kingdom Of Korea 1653-1666』을 우리말로 옮긴 것이다.
2. 외국어 표기는 국립국어원의 외래어 표기법의 기준에 따르되, 고유명사로 이미 우리에게도 널리 알려진 경우는 관용에 따랐다.
3. 원서의 주석은 숫자로 표기하고 책 뒤(144~161쪽)에 따로 모았으며, 옮긴이의 주석은 기호(*)로 표기하고 본문 하단에 써서 구분했다.
4. 본문의 고딕체는 원서에서 이탤릭체로 표기된 것으로, 네덜란드 표기법이 확립되지 않았던 17세기에 발음 나는 대로 표기한 어휘들이다.
5. 근세 유럽 인의 시각에서 쓴 원서의 표현(청나라를 만주, 양반을 귀족으로 표현한 것 등)을 그대로 살리되 독자들의 이해를 돕기 위해 조선 시대의 용어를 함께 명기하기도 했다.
6. 하멜은 스페르베르호 선원들의 이름을 종종 다르게 언급한 경우가 있는데, 당시 네덜란드 어 표기법이 일정하게 확립되지 않은 관계로 생긴 오류이다. 기록의 정확성을 위해 고치지 않고 그대로 옮겼다.

차례

하멜 일지 • 5

    1654 • 23
    1655 • 33
    1656 • 36
    1657 • 38
    1658 • 40
    1659~1660 • 41
    1661~1662 • 42
    1663 • 43
    1664 • 45
    1665~1666 • 48
    나가사키 수장의 심문 • 60

조선 왕국에 대한 기술 • 75

이후 상황 • 113

작가와 다른 판본에 대하여 • 131

주석 • 144
옮긴이의 말 • 163

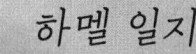
하멜 일지

1653년 8월 16일 퀠파르트*에 난파하여 생존한 스페르베르 호의 승무원과 선원들에게 일어난 일들을 적은 기록으로, 1666년 9월 14일 일본 나가사키로 탈출할 때까지 8명의 선원이 그들의 눈으로 본 조선 왕국의 풍속과 정치·군사·교역 등을 기록하고 있다.

총독과 인도 제국**의 의회로부터 타이완 항구로 가라는 지시를 받고 우리는 앞서 언급한 배를 타고 1653년 6월 18일 바

---

*지금의 제주도. 가파도에서 유래했다는 설도 있고, 범선의 한 유형인 Quelpart의 이름에서 따왔다는 설도 있다.
**인도, 인도차이나, 동인도 제국을 총칭하는 옛 이름.

타비아*를 출발했다. 코르넬리스 세저르 총독이 함께 배에 올랐다. 그는 니콜라스 페르뷔르흐 총독 대행으로부터 타이완, 즉 포르모사 정부와 그 속령들을 인계받을 예정이었다.

우리는 기분 좋은 항해 끝에 7월 16일, 타이완의 정박지에 성공적으로 도착했다. 총독은 뭍에 올랐고 우리는 짐을 부렸다. 총독과 타이완 의회는 우리를 일본으로 급파했다. 다시 짐을 싣고 총독에게 작별을 고한 후 우리는 7월 30일, 신의 가호로 빨리 도착할 수 있기를 바라며 정박지를 떠나 항해를 시작했다.

7월의 마지막 날, 날씨는 좋았다. 하지만 저녁이 되어 가면서 포르모사에서 불어오기 시작한 폭풍우가 밤새 점점 강력해져 갔다.

8월의 첫날 동이 틀 무렵 우리가 타고 있던 배가 어느 작은 섬에 근접해 있다는 사실을 알게 되었다. 강한 바람과 높은 파도로부터 몸을 피하기 위해 그 섬 해안에 닻을 내리려고 온 힘을 다했다. 마침내 큰 위험을 뚫고 섬 해안에 닻을 내릴 수 있었다. 하지만 우리는 그곳에 갇혀 버리고 말았다. 뒤쪽으로 커다란 암초가 있고 암초 위로는 큰 파도가 부서지고 있었다. 선장이 우연히 선미 전망대 창을 내다보다가 이 사실을 알게 되었는데, 그렇지 않았다면 우리는 암초에 부딪혀 산산조각이

---

*현재 인도네시아의 자카르타. 당시 네덜란드 동인도연합회사(VOC)의 거점이었다.

나고 말았을 것이다. 암초는 머스킷총화승총의 사정거리*에 있었지만 어두운 데다가 비까지 내리고 있어서 보이지 않았기 때문이다. 날이 밝자 우리 배가 좌초하기를 바라면서 중국 군사들이 해변에서 바쁘게 준비하고 있는 모습이 보일 만큼 우리가 중국 연안에 근접해 있다는 사실을 알게 되었다. 하지만 하느님의 가호로 그런 일은 일어나지 않았다. 폭풍우는 수그러들지 않았고 점점 강해졌기 때문에 그날 낮뿐 아니라 밤까지도 닻을 그대로 두었다.

8월 2일 아침은 아주 고요했다. 중국인들은 여전히 대거 모여 있었고, 그 모습은 흡사 우리를 잡으려고 기다리고 있는 굶주린 늑대 떼 같아 보였다. 닻이나 닻줄 같은 것들로 인한 위험을 피하고, 해안에서 멀어져 중국인들의 시야에서 벗어나기 위해 우리는 닻을 올리고 출항하기로 결정했다. 그날 낮과 밤은 조용했다.

8월 3일 아침, 우리는 해류로 인해 20마일[120km1)] 정도 밀려났다는 사실을 알게 되었다. 포르모사 해안이 다시 보였다. 중국과 포르모사 연안 사이로 항로를 설정했다. 약간 쌀쌀했지만 날씨는 좋았다.

8월 4일부터 11일까지 종종 바람이 불지 않아 배가 멈춰 서기도 했고 변덕스러운 바람이 불기도 했다. 중국과 포르모사

---

*정확히 측정된 바는 없으나 19세기 초의 기록에 의하면 70m 정도로 추정된다.

연안 사이를 표류했다.

8월 11일, 남동쪽에서 비가 몰려오면서 날씨가 다시 나빠졌다. 우리는 북동쪽과 동북동쪽 사이를 향해 갔다.

8월 12, 13, 14일은 날씨가 점점 더 거칠어졌다. 바람이 수시로 바뀌어서 돛을 말아 올리기도 하고 아예 돛을 사용하지 않기도 했다. 바다는 몹시 사나워졌다. 배가 갑자기 거칠게 기울어져 바닷물이 많이 들이쳤다. 쉼 없이 비가 쏟아지는 통에 앞을 살필 수도 없었다. 알지도 못하는 연안에 내동댕이쳐지는 일을 피하려고 어쩔 수 없이 돛을 내리고 배를 표류시켰다.

8월 15일, 바람이 어찌나 세게 부는지, 갑판 위에서 사람들이 하는 말을 서로 알아들을 수도 없었고 아주 작은 돛도 올릴 수 없는 지경이 되었다. 바닷물이 너무 많이 들이쳐 할 일이 많아졌다. 맨 아래 선창까지 물이 들이치지 않도록 물을 퍼내야 했기 때문이다. 폭풍우 몰아치는 바다 때문에 때때로 물이 너무 들이쳐 배가 가라앉을 것 같다는 생각이 들었다.

저녁 무렵, 바다는 이물배의 앞부분과 고물배의 뒷부분을 거의 두 동강 내고 말았다. 파도 때문에 제1사장*이 너무 많이 느슨해져 이물을 통째로 잃게 될 위험에 처했다. 우리는 이물을 지키기 위해 온갖 수단을 다 동원했지만 배가 엄청나게 기운 데

---

*이물에서 앞으로 튀어나온 기움 돛대.

다가 높은 파도가 차례차례 덮쳐 와 더 이상 이물을 지킬 수가 없었다. 더 이상 방법이 없다는 사실을 깨닫는 순간, 앞 돛을 느슨하게 하여 우리의 생명을 구하고 배와 회사 물건들을 지켜야 한다는 생각이 들었다. 그렇게 해서 이 끔찍한 폭풍우가 만들어 낼 최악의 사태로부터 벗어나고 싶었다(신의 손길을 제외하고 생각해 보면 그것이 최선이었다). 앞 돛을 풀고 있는데 파도가 고물을 덮쳐 그곳에서 일하고 있던 선원들이 하마터면 갑판에서 쓸려 나갈 뻔했다. 배는 바닷물로 가득해졌다. 선장이 외쳤다. "선원들, 신께 모든 것을 맡겨라. 이렇게 파도가 한두 번 더 들이치면 우리는 모두 함께 죽을 것이 분명하다. 우리는 더 이상 버틸 수가 없다."

새벽 한 시 무렵, 망루에 있던 사람이 소리쳤다. "육지다! 육지가 보인다!" 머스킷 총의 사정거리였지만 어두운 데다가 비까지 억수같이 쏟아지는 통에 더 빨리 발견하거나 알아챌 수 없었던 것이다. 즉시 우리는 닻을 내리고 키를 잡고 배를 돌렸다. 하지만 바다가 깊고 거친 데다가 바람이 세게 불고 있어서 닻이 버티지를 못했다. 그때 갑자기 배가 바위에 부딪혔다. 세 번 충격을 받은 배는 순식간에 산산이 부서졌다. 침상에 있던 선원들은 갑판으로 올라올 겨를도 없이 목숨을 잃고 말았다. 갑판에 있던 선원 몇몇은 배 밖으로 뛰어내렸고, 어떤 이들은 바다 여기저기로 내동댕이쳐졌다.

나를 포함한 선원 15명은 심하게 부상을 입고 거의 발가벗은 채 육지에 다다랐다. 나머지 사람들은 살 수 없었을 것이다. 바위 위에 앉아 있는 동안 난파된 배에서 사람들의 신음 소리가 들렸지만 어둠 때문에 누군지 분간할 수도 없었고 도울 수도 없었다.

8월 16일 동이 틀 무렵, 아직 걸을 수 있는 사람들은 해변을 따라 걸어가며 육지에 오른 사람들이 또 있는지 살펴보았다. 여기저기서 사람들을 발견했다. 최종적으로 우리는 모두 36명이었고, 대부분 심하게 부상을 입은 상태였다. 난파된 배에서 커다란 통 사이에 끼여 있는 사람을 한 명 발견하고 즉시 꺼냈지만, 세 시간 후 그 사람은 죽고 말았다. 그의 몸은 심하게 뭉개져 있었다.

우리는 슬픔에 잠긴 채 서로를, 그리고 한때 아름다웠으나 이제는 산산이 부서져 버린 배를 바라보았다. 64명 중에 산 사람은 겨우 36명이었다. 그 모든 일은 15분 만에 일어났다. 우리는 해변으로 떠밀려 온 시체를 찾아다녔다. 바다에서 10~12패덤(20미터)쯤 떨어진 곳에서 한쪽 팔에 머리를 얹고 누운 암스테르담 출신의 선장 레이니르 에흐베르츠를 발견했다. 우리는 여기저기서 발견한 예닐곱 구의 시체와 함께 선장을 땅에 묻어 주었다.

혹시 해변으로 떠밀려 왔을지도 모를 식량도 찾아보았다. 날씨가 사나워 요리사가 요리를 하지 못했기 때문에 지난 2~3일간 거의 아무것도 먹지 못했다. 우리는 밀가루 한 포대와 베이컨 한 통과 스페인산 적포도주가 든 작은 통 하나를 찾았다. 적포도주는 부상자들에게 아주 유용했다. 무엇보다 불이 가장 필요했다. 사람이라고는 보이지도, 소리도 들리지 않아 우리는 그 섬이 무인도라고 생각했다. 정오가 가까워지면서 비와 바람이 다소 잦아들기 시작했다. 우리는 비를 피하기 위해 돛 여러 조각으로 천막을 쳤다.

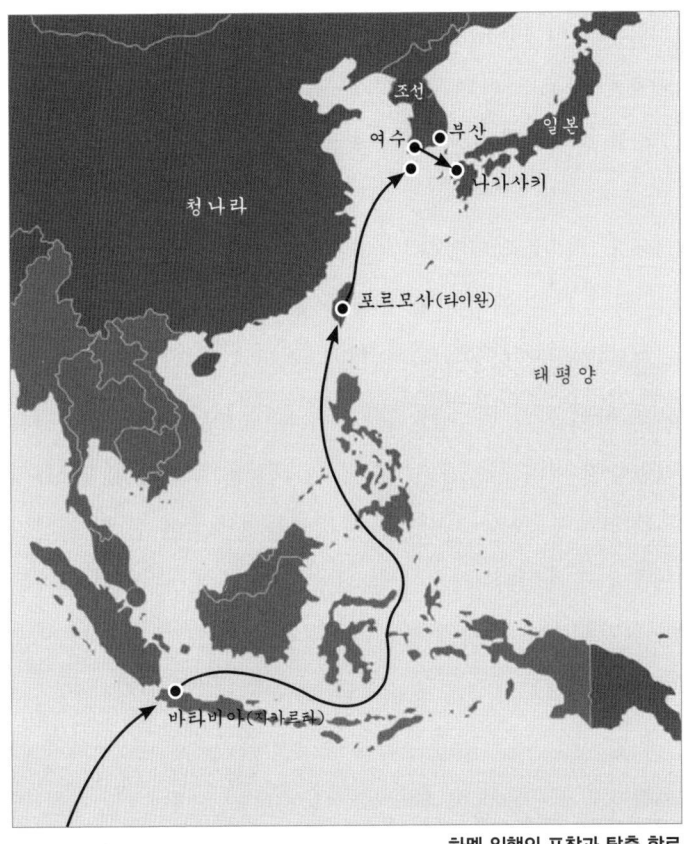

하멜 일행의 표착과 탈출 항로

8월 17일, 모두 슬프고 비참한 기분을 느끼며 어디선가 사람이 나타나지 않을까 싶어 망을 보았다. 누군가 나타난다면 그 사람은 일본인일 테고, 그들의 도움으로 고국에 돌아갈 수 있기를 바랐다. 그게 아니고서는, 배와 구조선이 산산이 부서져 수리도 할 수 없는 상황에서 아무런 해결책이 없었기 때문이다.

정오가 다 되어 갈 무렵, 대포 사정거리에 남자 한 사람이 눈에 띄었다. 우리는 남자를 향해 손짓을 하며 불렀지만 그는 우리를 보자마자 달아났다. 정오가 막 지나자 텐트에서 머스킷 총 사정거리에 남자 세 사람이 나타났다. 하지만 그들은 우리에게 다가오지 않았다. 우리는 닥치는 대로 몸짓을 해 보았다. 결국 우리 중 한 사람이 배짱 좋게 그들에게 다가갔다. 그러고는 그들에게 총을 들이댐으로써 마침내 우리가 간절히 필요로 하던 불을 얻는 데 성공했다. 그들은 중국식 옷을 입고 있었는데 머리에는 말총으로 만든 모자를 쓰고 있었다. 혹시 우리가 해적들이나 추방당한 중국인들의 소굴에 온 건 아닌지 잔뜩 겁에 질렸다. 저녁이 다 되어 갈 무렵 100여 명의 남자들이 무장을 하고 우리 천막 근처에 나타났다. 그들은 우리가 몇 명인지 세어 보더니 밤새 천막을 에워싸고 우리를 감시했다.

18일 아침, 우리는 분주하게 큰 천막을 만들었다. 정오가 가까워지자 병사들뿐 아니라 말 탄 남자들을 포함해 1천~2천 명의 남자들이 나타났다. 그들은 천막 주변을 여러 겹으로 에워

싸더니 사람을 보내 서기(회계사)*, 일등 항해사, 부갑판장, 배에서 일하는 사환을 데리고 갔다. 네 사람이 다다르자 지휘관**이 각 사람의 목에 종이 달린(마치 네덜란드에서 양의 목에 매어 놓는 것과 흡사한) 쇠사슬을 둘렀다. 그러고는 기어서 지휘관 앞으로 가 고개를 숙이게 했다. 그 모습에 병사들이 함성을 질렀다. 실로 듣기가 끔찍했다. 천막 안에 있던 우리의 선원들은 밖에서 일어나는 일을 보고 들으면서 서로에게 말했다. "장교들이 앞섰으니 우리도 곧 따라가겠군." 그들이 우리에게 무릎을 꿇으라고 몸짓으로 말해 우리는 아주 잠깐 바닥에 납작 엎드려 있었다. 지휘관이 뭔가를 물었지만 우리는 그 말을 이해할 수가 없었다. 우리는 '야판Japan(일본)'으로 가고 싶다고 몸짓으로 말했다. 하지만 아무런 소용이 없었다. 서로를 이해할 수 없었기 때문이다. 그들은 '왜나라', 혹은 '일본'이라고 불렀고 '야판'이라는 말은 모르고 있었다. 지휘관은 우리 모두에게 작은 그릇으로 아락술***을 한 잔씩 주더니 천막으로 돌아가라고 명령했다. 음식이 있는지 보려고 호위대들이 바로 우리 천막으로 왔지만, 앞서 말한 고기와 베이컨 말고 다른 것들은 찾을 수가 없었다. 호위대는 고기와 베이컨을 지휘관에게 보여 주

---

*하멜의 직책. 원어의 의미는 회계사에 가까우며, 병사인 일반 선원과 달리 장교였다.
**당시 그 지역을 관할하던 수령(제주 목사) 아래 관직자로 보인다.
***쌀에서 증류한 동양의 술을 일컫는 말로, 소주로 보인다.

었다. 한 시간쯤 후, 그들은 우리에게 주려고 밥을 조금 가지고 왔다. 우리가 굶주리고 있는 건 분명했지만 음식을 너무 많이 주면 탈이 생길 거라고 생각했기 때문인 것 같았다.

오후가 되자 그들은 각자 밧줄을 하나씩 들고 돌아왔다. 그들이 그 밧줄로 우리를 묶어 놓고 죽일 거라는 생각에 잔뜩 겁에 질렸다. 하지만 그들은 시끌벅적하게 난파선 쪽으로 걸어가더니 아직 쓸 만한 것들을 모아 뭍으로 가져왔다. 저녁에 그들은 우리에게 밥을 주었다. 그날 오후에 일등 항해사가 관측을 하더니 우리가 북위 33도 32분에 있는 퀠파르트^{제주도}라는 섬에 있다는 사실을 알려 주었다.[2]

19일에 그들은 바쁘게 해안에 있던 물건들을 가져와 햇볕에 말리고 철이 포함되어 있는 나무는 불태웠다. 우리 쪽 상급 선원들은 섬의 지휘관과 제독^{병마절도사}을 찾아가 두 사람에게 쌍안경을 하나씩 주었다. 선원들은 그들에게 적포도주 한 병과 함께 적포도주를 부어 마시도록 회사 소유의 은잔을 가지고 갔다. 은잔은 바위틈에 끼여 있던 것을 우리가 발견한 것이었다. 포도주 맛을 보더니 그들은 아주 맛있다며 기분 좋게 실컷 마셨다. 그리고 우리에게 더없는 우정을 표하고 은잔을 돌려주더니 우리를 천막으로 돌려보냈다.

20일, 그들은 철을 회수하기 위해 난파한 배와 함께 남은 나무들을 모두 태웠다. 배를 불태우는 동안 두 차례 폭발이 일어나 관리들이고 병사들이고 할 것 없이 모두들 달아났다. 잠시 후 돌아온 그들은 더 폭발할 게 있는지 물었다. 우리는 '아니다'라고 손짓했고, 그들은 계속해서 작업을 했다. 그날 그들은 우리에게 두 번 음식을 가져다주었다.

21일 아침, 지휘관은 우리 중 몇몇에게 천막 안에 있는 물건들을 가져오면 봉인해 주겠다고 손짓으로 명령했다. 그들이 시키는 대로 물건을 가져가자 그들은 바로 우리가 보는 앞에서 물건들을 봉인했다. 우리 선원들이 그곳에 앉아 있는데, 도적 몇몇이 끌려왔다. 인양 작업 중에 가죽과 철을 포함해 여러 물건들을 훔친 도적들이었다. 그들은 도적들에게 물건을 등에 지도록 하고는 우리 앞에서 벌했다. 우리 물건이 도난당할 일이 없다는 것을 우리에게 보여 주기 위해서였다. 그들은 보통 사내아이들의 팔뚝 정도 되는 굵기에 1미터 길이의 몽둥이로 도적들의 발바닥을 때렸다. 어떤 도적들은 발가락이 떨어져 나가기도 했다. 다들 30~40대 정도 맞았다.

정오 무렵, 그들은 우리가 떠나게 될 거라고 손짓으로 말했다. 말을 탈 수 있는 사람들에게는 말이 주어졌고, 부상 때문에 말을 탈 수 없는 사람들은 지휘관의 명령으로 해먹들것으로 이송되었다.

오후에 우리는 말을 탄 기병들과 보병들의 호위를 받으며 출발했다. 대정이라는 작은 마을에서 밤을 보냈다. 식사를 한 후 모두 잠을 자기 위해 창고 같은 곳으로 들여보내졌는데, 그곳은 여관이나 숙소라기보다는 마구간처럼 보였다. 우리는 4

마일23㎞ 정도 이동했다.

　22일, 아침 일찍 우리는 말을 타고 계속해서 이동했다. 작은 요새를 지났는데 그곳에서 군함 두 척을 보았다. 그곳에서 아침 식사를 했다. 오후에 **제주**의 한 마을에 도착했다.[3] 제주 목사의 관사가 있는 곳이었다.[4] 그곳에 도착하자마자 그들은 우리를 관가 앞마당에 모이게 하더니 우리에게 쌀을 끓인 물을 한 컵씩 주어 마시게 했다.[5] 우리는 이것이 마지막 음식이며, 곧 다 같이 죽게 될 거라고 생각했다. 그들의 옷차림, 총이나 각종 전쟁 기구들을 보니 무척 두려웠다. 무장한 군인 약 3천 명이 그곳에 서 있었다. 중국인이나 일본인들이 그런 행동을 한다는 걸 본 적도 들은 적도 없었다.

　그때, 서기와 전에 호출되었던 세 사람이 지휘관 앞으로 끌려갔던 같은 방식으로 목사[이원진] 앞으로 끌려갔다. 그들이 밀어 우리가 땅에 엎드리자, 사람들은 우리를 향해 소리를 지르고 손가락질을 했다. 한참을 그렇게 엎드려 있는데 관청 앞, 높이 솟은 단상 위에 누군가 왕처럼 앉아 있는 것이 보였다. 우리는 그 사람 가까이 앉았다. 그는 손짓으로 우리가 어디에서 왔으며, 어디로 가고 싶으냐고 물었다. 우리는 할 수 있는 온갖 몸짓을 동원해 이미 대답했던 대로 '야판의 나가사키'라고 말했다. 그 말에 그는 고개를 끄덕였다. 뭔가를 이해한 것이 분명했다. 걸을 수 있는 다른 사람들은 한 번에 네 사람씩 목사 앞으로 불려 나가 심문을 받았다. 질문을 받을 때마다 우리는 온갖 방법을 동원해 대답을 했다. 서로 이해할 수 없다고 생각했기 때문이다. 그리고 목사는 우리 모두를 왕의 삼촌광해군이 죽을 때까지 살았던 집으로 데려갔다. 그는 왕위를 빼앗고 왕을 축출하려 했다는 이유로 이 섬으로 유배당했다.[6]

건장한 호위병들이 집 주변을 감시했다. 우리는 하루에 쌀과 밀을 각각 3/4캐티450g[7]씩 배급받았지만 그 외에 다른 것은 거의 받지 못해 제대로 먹을 수가 없었다. 그래서 소금과 물로 끼니를 해결해야 했다.

나중에 알게 됐지만, 목사는 선하고 이해심이 많은 사람이었다. 약 70세 정도 된 그는 도성 출신이었고 조정으로부터 높은 신임을 받고 있었다. 그는 자신이 왕에게 편지를 쓸 것이며 우리를 어떻게 할 것인지에 대한 답을 기다려야 한다고 했다. 왕으로부터 답은 빨리 오지 않았다. 도성까지의 거리는 바닷길로 12~13마일70~75km이었고 땅 길로는 70마일400km이 넘었기 때문이다. 우리는 목사에게 더 이상은 쌀과 소금만으로는 견딜 수 없으니 고기나 다른 반찬을 가끔 받을 수 있는지 물었다. 그리고 몸을 좀 풀거나, 목욕을 하거나, 입고 있던 옷을 빨 수 있을지도 물었다. 목사는 이 일들을 허락해 주었다. 매일 6명씩 돌아가면서 밖으로 나갈 수 있게 되었고 반찬도 받게 되었다.

그는 가끔 우리를 찾아와 이것저것 우리말로 무엇인지 물었고 무언가를 써 달라고 하기도 했다. 그렇게 해서 마침내 우리는 띄엄띄엄 서로의 말을 할 수 있게 되었다. 또한 그는 우리의 우울함을 달래 주려고 연회나 잔치를 열기도 했다. 그는 왕에게서 답이 도착하기만 하면 일본으로 가게 될 거라고 말하며 매일같이 우리에게 용기를 주었다. 그는 우리가 아프면 치료해 주도록 명령했다. 그렇게 우리는 이교도로부터 보살핌을 받았고, 이는 많은 기독교인을 부끄럽게 할 만한 일이었다.

10월 29일 오후, 서기와 일등 항해사, 부선의[8]가 목사에게 호출되었다. 도착한 세 사람은 붉은 턱수염을 길게 기른 한 사람을 보게 되었다. 목사는 그 사람이 어떤 사람 같은지 물었고, 그 질문에 세 사람은 우리와 같은 네덜란드 사람이라고 대답했다. 그러자 목사는 소리 내어 웃기 시작하더니 그는 조선 사람이라고 손짓으로 말했다. 그때까지 잠자코 있던 그 남자는 한참을 손짓 발짓을 섞어 가며 어눌한 네덜란드 말로 우리가 누구인지, 어디 출신인지 물었다. 우리는 "네덜란드 사람이며 암스테르담 출신이다."라고 대답했다. 그는 어디서 왔으며, 어디로 가고 있었는지 물었다. 우리는 대만에서 출발해 일본으로 갈 예정이었으나 하느님께서 저지하셨다고 말했다. 그리고 닷새 동안이나 계속된 폭풍우를 만나 섬으로 떠밀려 왔으며, 하느님의 자비로 구출되기를 기도하고 있다고 말했다.

우리 쪽 사람들이 그에게 이름이 무엇인지, 어느 나라에서 왔는지, 어떻게 이곳에 도착했는지 물었다. "내 이름은 얀 야너스 벨테브레이입니다. 드레이프 출신이지요. 1626년에 홀란디아호를 타고 조국을 떠났고, 1627년에는 **아우베르커크호**를 타고 일본으로 향하고 있었죠. 맞바람을 맞아 조선 연안으로 떠밀려 왔어요. 마실 물이 필요했기 때문에 작은 배를 타고 해안가로 왔다가 우리 중 세 사람이 이곳 주민에게 붙잡히고 말았어요. 나머지 사람들은 작은 배를 타고 배로 돌아가 버렸죠."9)라고 말했다. 17~18년 전 만주의 침략이 있었던 병자호란 당시 그의 동료 두 사람은 죽고 말았다. 죽은 두 사람은 드레이프 출신의 디르크 헤이스버츠와 암스테르담 출신의 얀 피테르서 페르바스트였다. 그들은 벨테브레이와 함께 인도 제국에 도착한 바 있었다.

어디에 살고 있는지, 무슨 일을 하며 생계를 유지하는지, 그리고 이 섬에는 왜 왔는지 묻자 그는 도성(서울)에 살고 있으며, 왕으로부터 음식과 옷을 상당히 지원받고 있다고 했다. 그리고 우리가 누구인지, 어떻게 이곳에 오게 됐는지 알아보기 위해 이곳에 왔다고 말했다. 그는 왕과 관리들에게 일본으로 보내 줄 것을 몇 번이고 간청했으나, 왕은 "새가 되어 그곳으로 마음껏 날아가면 되겠다. 우리는 우리 땅에서 이방인을 절대 추방하지 않는다. 먹을 것과 입을 것을 주며 너를 보살필 것이니 너는 이 나라에서 네 생을 마쳐야 할 것이다."라고 말했다고 한다. 그는 우리를 진심으로 위로하며 혹시 왕을 만나게 되더라도 별다른 것을 기대해서는 안 될 것이라고 말했다.

그리하여 통역해 줄 사람을 만났다는 기쁨은 이내 슬픔으로 바뀌었다. 대략 57~58세가량인 이 남자는 놀랍게도 모국어를 거의 다 잊은 상태였다. 앞서 말한 대로 처음에는 그의 말을 거의 알아들을 수 없었지만, 우리와 지낸 지 한 달도 채 되지 않아 그는 모국어를 다시 기억해 냈다.

우리가 앞서 했던 모든 이야기들과 우리의 배에서 일어났던 일을 그곳 사람들이 소상하게 기록했고, 얀 야너스가 통역해서 우리에게 읽어 주었다. 순풍이 불면 조정으로 보내기 위해서였다.

목사는 오래지 않아 답장이 올 것이며, 좋은 기별이 와 일본으로 돌아갈 수 있기를 바란다고 말하며 기운을 북돋아 주었다. 우리는 그 말을 낙으로 삼을 수밖에 없었다. 그는 그 시간 동안 오롯이 우정을 보여 주었다. 목사는 벨테브레이로 하여금 그의 관리 중 한 사람이나 '벤주선'[10]과 함께 매일 우리를 찾아가 어떻게 지내는지 살펴보도록 지시했다.

12월 초, 새 목사가 부임해 왔다. 전임자의 임기인 3년이 만료되었기 때문이었다. 새 목사가 부임하면서 새 규정이 생기지는 않을까 몹시 걱정되고 두려웠는데, 그것은 현실이 되었다. 새 목사가 오기 전에 전임 목사는 우리 모두에게 추위를 피할 수 있도록 솜을 덧댄 긴 외투와 함께 가죽 양말과 신발을 지어 주도록 명령했다. 날씨는 추워졌는데 입을 옷이 거의 없었기 때문이다. 그는 또한 우리에게 항해 기록[11]을 돌려주고 겨울 동안 쓰도록 기름 항아리도 주었다. 송별회에서 그는 우리를 잘 대접해 주었다. 벨테브레이를 통해 우리를 일본으로 보내 주지도 못하고, 육지로 데려가지도 못해 몹시 미안하지만 자신이 떠난다고 해서 슬퍼하지 말라고 말했다. 궁으로 가면 어떤 수단을 써서라도 우리들을 반드시 풀려나게 해 주거나, 그게 아니라면 가능한 빠른 시일 내에 섬을 떠나 궁으로 올 수 있도록 하겠다고 말했다. 우리는 그가 베풀어 주었던 모든 친절에 진심으로 감사했다.

　새 목사는 부임하자 곧 반찬 지급을 중단시켰다. 그래서 우리의 식사는 밥과 소금 그리고 마실 물이 다였다. 우리는 맞바람 때문에 떠나지 못하고 아직도 섬에 있던 전임 목사에게 그 사실에 대해 불평을 털어놓았다. 그는 자신의 임기가 끝났기 때문에 할 수 있는 것이 아무것도 없지만 신임 목사에게 그 사실에 대해 편지를 써 보겠다고 말했다. 그래서 전임 목사가 있는 동안 신임 목사는 더 이상 불평을 듣지 않으려고 이따금 소박한 반찬을 제공해 주었다.

1654

　1월 초 전임 목사가 떠나자 우리의 상황은 심각하게 악화되었다. 쌀 대신 보리를 받았고, 아무 반찬도 없이 보리밥을 먹었다. 그래서 우리는 반찬을 좀 얻기 위해 보리를 팔아야 했다. 하루에 보리 3/4캐티450g만으로 만족해야 했다. 하루에 6명씩 하는 외출은 계속되고 있었다. 비참한 마음에 우리는 탈출할 방법을 찾아보았다. 봄이 오고 장마가 왔지만 왕으로부터 답장은 오지 않았고, 이대로 섬에 유폐되어 생을 마감하게 되는 건 아닌지 몹시 두려웠다.

우리는 밤에 방파제 옆에서 출항 준비가 된 배 중 한 척을 타고 탈출하면 어떨까 생각해 보았다. 그러던 중 4월 말경 기회가 찾아왔다. 우리 중 일등 항해사를 포함해 6명이 탈출 계획을 세웠다(몇 년 후 이들 중 3명은 나가사키로 가는 데 성공했다). 한 사람이 우리가 골라 둔 배로 가서 썰물이 끝났는지 보려고 담을 넘다가 개 짖는 소리에 경계가 강화되어 돌아오고 말았다. 결국 우리의 시도는 수포로 돌아가고 말았다.

5월 초에는 항해사와 (앞서 언급한 3명이 포함된)[12] 5명이 외출 차례가 되어 나갔다가 외곽의 작은 마을 근처에서 배 한 척을 발견했다. 항해 장비가 그대로 있는 배였다. 근처에는 아무도 없었다. 즉시 그들은 한 사람을 보내 그럴 경우를 대비해 꼬아 놓은 새끼줄과 각각 두 덩이씩 먹도록 작은 빵을 가져오게 했다. 다시 모인 후, 그들은 각자 물을 마시고 아무것도 없이 바로 배에 올라타 바다를 향해 가려고 모래톱에 배를 댔다. 마을에서 그 광경을 지켜보고 있던 사람들은 무슨 일인지 몰라 깜짝 놀란 채 서 있었다. 마침내 마을 사람 하나가 집으로 들어가 머스킷 총을 집어 들고는 배에 타고 있는 사람들을 쫓아 물속으로 뛰어들었다. 하지만 이때쯤 배를 매어 둔 밧줄을 푸느라 제때 배에 오르지 못한 한 사람을 제외하고 5명을 태운 배는 이미 외해로 나가 있었다. 배에 오르지 못한 사람은 해안으로 돌아갈 수밖에 없었다. 배에 탄 사람들은 돛을 올렸다. 그런데 배에 익숙하지 않아 돛대가 돛을 단 채 배 밖으로 쓰러지고 말았다. 5명은 젖 먹던 힘을 다해 돛대를 다시 세우고 돛을 올려 끈으로 고정했다. 그런데 돛대에서 나무로 만든 지지대가 부러졌다. 돛대와 돛이 다시 배 밖으로 쓰러졌다. 돛대를 다시 세울 수 없었던 그들은 해안으로 떠밀려 오고 말았다. 육지에서 그 모습을 지켜보고 있던 사람들은 곧장 다른 배를 타고 그들을 쫓았다. 쫓아간 배가 그들 옆으로 다가서자, 쫓아간 사람들이 총을 가지고 있었음에도 불구하고 우리 선원들은 그 배로 뛰어내렸다. 그리고 그 배로 계속 항해할 생각으로 배 안에 있던 사람들을 밖으로 던지기 시작했다. 하지만 그 배는 물이 가득 차 있어서 항해에 적당하지 않았다. 그렇게 해서 그들은 모두 해안으로 돌아왔고 목사 앞으로 끌려가게 되었다.

모두 무거운 널빤지칼에 단단하게 메이고 한 손은 널빤지에 고정된 죔쇠에 채워졌다.[13] 또 목에는 쇠사슬이 둘러졌다. 그렇게 옴짝달싹 못하게 된 몸으로 내동댕이쳐진 그들은 목사 앞에 꿇어 엎드렸다. 집에 유폐되어 있던 다른 사람들도 목사 앞으로 불려 나가 비참한 몰골로 머리를 조아리고 있는 동료들을 목격했다.

목사는 그들이 한 일들을 나머지 동료들이 알고 있었는지 물었다. 그들은 자신들이 한 일에 대해 동료들은 몰랐다고 답했다(더 곤란해지는 것을 피하고 동료들이 같이 벌 받는 것을 막기 위해서였다). 목사는 무엇을 할 생각이었는지 물었고, 그들은 일본으로 가고 싶다고 말했다. 그러자 목사는 그렇게 작은 배로 물도 없이 보잘것없는 빵만으로 가능할 것 같았느냐고 물었다. 목사의 물음에 그들은 딱 잘라서 이렇게 죽는 것보다는 나을 거라고 대답했다. 그들은 쇠사슬에서 풀려났고 이어 바지가 내려진 후, 양팔 벌린 길이에 양 끝이 둥글고 폭은 손바닥만 하고 굵기는 손가락만 한 몽둥이로 25대씩 엉덩이를 맞았다. 이후에 그들은 한 달 정도 누워 있어야 했다. 우리는 모두 외출이 금지되었고 밤낮으로 감시가 삼엄해졌다.

이곳 사람들은 **제주**라고 부르고 우리는 퀠파르트라고 부르는 이 섬은, 앞서 언급한 대로 북위 33도 32분, 코레아$^{Corea(조선)}$의 본토 남쪽 귀퉁이로부터 12~13마일$^{70~75km}$ 정도 떨어진 곳에 위치해 있다. 북쪽 해안은 본토로 오가는 배들이 드나들 수 있는 만이다. 보이지 않는 암초들이 있어 해안을 잘 모르는 사람들이 섬으로 접근하는 일은 아주 위험하다. 그래서 악천후로 만을 찾지 못한 많은 배들은 일본으로 방향을 돌릴 수밖에 없는데, 섬에는 닻을 내리고 안전하게 정박해 있을 장소가 없기 때문이다. 섬 곳곳에는 눈에 보이거나 보이지 않는 절벽과 암초가 많다. 섬에는 사람이 많이 살고 있고 먹을 것도 많이

난다. 말과 소가 많은데, 이 말과 소들은 해마다 왕에게 바치는 엄청난 양의 공납을 위한 것이다. 이곳의 주민들은 보통 사람들이며 매우 가난하여 본토 사람들로부터 멸시를 받는다.[14] 나무들이 울창하게 뒤덮은 높은 산(한라산)이 하나 있고, 다른 산들은 대부분 민둥산이지만 계곡이 많아 그곳에서 쌀이 많이 경작되고 있다.

5월 말경, 오랫동안 고대하고 있던 기별이 왕으로부터 도착했다. 슬픈 소식은 우리가 궁으로 가야 한다는 사실이었고, 기쁜 소식은 이 가혹한 감옥에서 풀려난다는 사실이었다. 6~7일 후 우리는 4척의 배에 나뉘어 실렸다. 감독관들은 우리가 배를 빼앗을지도 모른다고 걱정하여 우리의 두 다리와 한쪽 팔을 나무 받침대에 묶어 두었다. 우리를 호위하는 대부분의 병사들이 뱃멀미를 했기 때문에 항해를 하는 동안 자유로웠다면 우리는 정말 배를 빼앗았을지도 모른다. 이틀 동안 그렇게 앉아 있고 나서도 배는 맞바람 때문에 출항할 수가 없었다. 우리는 풀려나 감옥으로 돌려보내졌다. 4~5일 후 바람이 제대로 불자 아침 일찍 우리는 다시 배로 돌아가 앞서 그랬던 것처럼 묶이고 감시를 받았다. 닻을 올리고 돛을 내리고 출항했다. 저녁 무렵 배는 본토에 도착해 닻을 내리고 정박했다. 아침에 우리는 타고 있던 배에서 풀려나 해안으로 갔다. 물론 병사들의 삼엄한 감시를 받았다.

다음 날, 지급된 말을 타고 **해남**이라는 고을로 갔다. 우리가 타고 간 배들은 각각 다른 장소에 도착했기 때문에 우리 36명은 그날 밤까지 다시 만날 수 없었다.

다음 날 음식을 먹은 후 다시 말에 올랐고, 저녁이 다 되어 갈 무렵 **영암**이라는 고을에 도착했다. 그날 밤 퓌르메런트 출신의 포수, 파울뤼스 얀서 콜이 사망했다. 우리 배가 난파된 후로 그는 건강이 좋았던 적이 없었다. 고을 지휘관^{영암 군수}의 명령으로 그는 우리가 보는 앞에서 땅에 묻혔다. 그리고 그가 묻힌 무덤가에서 우리는 다시 말을 타고 출발했고 밤에는 **나주**라는 고을에 도착했다.

다음 날 아침에 다시 출발해 그날 밤에는 **장성**이라는 고을에서 묵었다. 다시 아침에 출발했고, 그날은 **입암산성**이라는 산중 요새가 있는 아주 높은 산을 넘었다.[15] 그날 밤은 **정읍**에서 묵었다. 아침에 다시 길을 나서서 같은 날 **태인**이라는 고을에 도착했다.

다음 날 우리는 다시 말에 올랐다. 정오에는 **금구**라는 작은 고을에 도착해 점심을 먹고 다시 길을 나서서 저녁 무렵에는 **전주**라는 큰 고을에 도착했다. **전주**는 옛날에 왕궁이 있던 곳인데, 이제는 **전라도** 관찰사가 그곳에 살고 있었다. **전주**는 전국을 통틀어 상업 중심지로 유명한 곳이었고, 바다로는 갈 수 없는 내륙 지방이었다.

다음 날 아침 우리는 **전주**를 떠나 밤에는 요산이라는 고을에 도착했다. **전라도**에서 마지막으로 머문 곳이었다.

다음 날 아침 다시 말을 타고 길을 나서서 저녁에는 **충청도**의 **은진**이라는 작은 고을에 도착했다.

다음 날 우리는 **연산**이라는 작은 고을을 향해 출발했다. 그곳에서 밤을 보내고 다음 날 아침 다시 말을 타고 떠나 저녁에 **공주**라는 고을에 도착했다. 그 도의 관찰사가 사는 곳이었다.

다음 날, 큰 강을 건너 **경기도**에 도착했다. 도읍이 있는 곳이었다.

몇몇 고을과 마을에서 묵으며 며칠 더 여행을 한 끝에 큰 강(한강)을 건넜다. 그 강은 도르드레흐트의 마스강만큼 컸다. 강을 건너기 위해 배를 탔는데 1/2마일$^{3㎞}$ 정도 배를 타고 가니 커다란 성곽 도시가 나왔다. 서울^{한양}이라고 하는 그곳은 왕이 살고 있는 곳이었다. (우리는 약간 서쪽으로 기울어진 북쪽으로 총 70~75마일$^{400~450㎞}$을 이동한 것이었다.)[16]

수도에 도착해서 우리는 모두 2~3일 정도 한 집에 갇혀 있었다. 이후에 2명, 3명, 혹은 4명으로 나뉘어 자기 나라를 피해 도망쳐 온 중국인들의 집으로 보내졌다. 거처가 정해지자마자 우리는 왕(**효종**) 앞으로 불려 나갔다. 왕은 앞서 언급한 얀 야너스 벨테브레이의 도움을 받아 우리에게 온갖 것들에 대해 질문했다. 우리는 할 수 있는 한 최선을 다해 대답했다. 폭풍우 때문에 배를 잃어 낯선 나라에 도착했으며 부모와 아내와 자식, 친구, 약혼녀를 모두 잃었다고 설명하고, 우리를 일본으로 보내서 동포들을 찾고 조국으로 돌아갈 수 있도록 자비를 베풀어 주십사 청했다. 왕은 벨테브레이를 통해 이 방인을 자신의 나라에서 내보내는 것은 자신의 방식이 아닐 뿐 더러 우리는 생을 마감하는 날까지 이곳에서 살아야 하며 자신이 우리를 돌봐 줄 것이라고 대답했다. 그러고는 우리에게 우리나라 춤을 추게 하고 노래를 부르게 하더니 우리가 알고 있는 온갖 것들을 보여 달라고 했다. 자신의 방식으로 우리를 잘 대접한 후, 그는 우리 모두에게 옷을 지어 입으라고 아마를 두 필씩 선물했다. 처음으로 이 나라 방식으로 옷을 입게 된 것이다. 그리고 우리는 집으로 되돌려 보내져 잠을 잤다.

다음 날, 우리 모두가 호출되어 나가 보니 장군훈련대장 한 사람이 있었다. 벨테브레이의 통역을 통해 왕이 우리를 왕의 호위대로 삼기로 했다는 사실을 알게 되었다. 매달 우리는 쌀 약 70캐티40kg를 받게 되었다. 장군은 끝이 둥그스름한 나무 명판호패을 주었다. 그 명판에는 (그들의 글로 된) 우리의 이름과 나이, 어떤 사람인지[네덜란드인], 왕에게 어떤 봉사를 할 것인지에 대한 모든 것들이 새겨져 있고 그 위에는 왕과 장군의 낙인이 찍혀 있었다.[17] 우리 모두는 각자 머스킷 총 한 자루와 화약과 탄환을 지급받았고, 매달 초하루와 보름날에 장군 앞에 가서 절을 하며 충성심을 표하라는 명령을 받았다. 왕 앞에서 조정의 신하들이 하듯, 나랏일을 하는 사람 중 녹봉이 낮은 자가 상관 앞에서 그렇게 해야 했다.

매년 6개월 동안 장군과 조정의 일을 하는 모든 사람들은 궁으로 출석해 왕을 수행한다. 그들은 봄에 3개월, 가을에 3개월 동안 군사 훈련을 한다. 매달 세 번씩 밖으로 나가 사격과 각종 전술 훈련을 한다. 전쟁 연습이 실시되자 그들의 어깨는 세상의 모든 무게를 짊어진 듯했다. 중국인 호위병(호위병으로 근무하는 중국인들이 많다.) 한 사람과 벨테브레이는 우리에게 조선의 방식으로 모든 것을 가르치고 관리하라는 지시를 받았다. 그들은 우리 모두에게 필요한 것들을 미리 준비하고 입을 옷을 만들어 입도록 대마를 두 필씩 나누어 주었다.

  우리는 매일 고관들의 집으로 가라는 명령을 받았다. 고관뿐 아니라 그들의 아내와 아이들이 우리를 보고 싶어 했기 때문이다. 섬(제주도)에서 일반 사람들은 우리가 사람이라기보다는 괴물에 더 가깝다는 소문을 퍼뜨렸다. 그들은 우리가 무언가 마실 때는 코를 귀 뒤로 넘겨야 한다거나, 머리가 금발이라 사람이라기보다는 물속에 사는 괴물 같다는 등의 말을 했었다. 고위층 사람들이 몹시 놀라고 자기 나라 사람들보다 훨씬 아름답다고 생각하게 된 것은 우리의 하얀 피부였다. 고위층 사람들은 우리의 하얀 피부를 정말 좋아했다. 어느 정도였는지 한마디로 하자면, 처음에는 우리가 살고 있는 좁은 길을 거의 걸어 다닐 수가 없었고, 우리가 살고 있는 집에까지 사람들이 몰려와 잠시도 쉴 수 없을 정도였다. 마침내 장군은 자신의 허가를 받지 않은 사람의 집에는 우리가 방문하지 못하도록 금지시켰다. 가끔 종들도 주인 몰래 우리를 집에서 데리고 나가 놀려 먹었다.

8월에 만주청나라의 사절단이 통상적인 조공을 받아 가려고 왔다.[18] 왕은 우리를 커다란 요새로 보내 만주의 사절단이 와 있는 동안 그곳에 있으라고 했다.[19] 이 요새는 서울에서 약 6~7마일35~40km 떨어져 있었는데 가파른 길을 따라 2마일12km 정도 올라가야 하는 아주 높은 산에 있었다. 전쟁이 나면 왕이 피난을 가는 아주 튼튼한 요새였다. 그리고 이 나라에서 가장 중요한 승려들이 그곳에 살고 있었다. 항상 3년치의 식량이 넉넉하게 있었고, 수천 명의 사람들이 그곳에 머물 수 있다. 요새는 남한산성이라고 했다.[20] 우리는 만주 사절단이 떠난 9월 2, 3일 무렵까지 그곳에 있었다.

11월 말이 되자 얼어붙을 것처럼 추웠다. 서울 외곽에서 1마일6km 정도 떨어져 있는 강은 어찌나 단단하게 얼었는지, 짐을 잔뜩 실은 말 200~300마리가 줄을 지어 건널 수 있을 정도였다. 12월 초, 우리가 추위와 물자 부족으로 고생하는 것을 본 장군이 왕에게 이 사실을 알렸다. 왕은 섬(제주도)의 해안에 난파되어 있는 우리 배에서 가죽을 가져와 우리에게 지급하라고 명령했다. 그 가죽은 잘 말려서 배로 이곳에 수송되었으나 대부분 썩고 진드기가 갉아 먹은 상태였다. (동인도연합회사에서는 가죽을 소모성 품목으로 여겼다.) 그들은 우리에게 이 가

죽을 팔아 추위를 막을 것들을 준비하라는 명령을 내렸다. 우리는 두세 사람이 함께 살 수 있는 작은 집 몇 채를 사기로 의견을 모았다. 우리는 매일같이 땔나무를 해 오라고 닦달하는 우리 주인으로부터 벗어나고 싶었다. 우리에게 전혀 익숙하지 않은 끔찍한 추위 속에서 산속을 3마일[20km] 이상 이리저리 헤매는 고통은 견디기 힘든 일이었다. 신으로부터 구원받는 것 말고는 다른 해결책을 바랄 수 없다는 것을 깨닫고, 이 이방인들(중국인 주인들)에게 계속해서 괴롭힘을 당하느니 추위를 견디는 게 낫다는 판단을 내렸다. 각자 3~4테일[tael][21])의 은전을 내 한 채에 8~9테일 하는 작은 집들을 샀다. 남은 돈은 옷을 사는 데 쓰고 겨울을 다 함께 보냈다.

1655

앞서 언급한 만주 사절단은 3월에 돌아갔다. 우리는 집을 떠나지 말라는 명령을 받은 상태였다. 만주 사절단이 떠나던 날, 암스테르담 출신의 일등 항해사 핸드릭 얀서와 하를럼 출신 포수 핸드릭 얀서 보스가 땔감을 주우러 가는 척 숲으로 가 만주 사절단이 지나는 길에 숨어 있었다. 수백 명의 기병과 보병을 거느린 만주 사절단이 지나가는 순간, 우리의 일등 항해사와 포수는 대열을 뚫고 가장 높은 사절이 탄 말의 머리를 붙잡았다. 두 사람이 조선 옷을 벗어 던지고 네덜란드 옷을 입은 채(그들은 조선 옷 속에 네덜란드 옷을 입고 있었다.) 만주 사절단 앞에 서자 이내 엄청난 소란이 일어났다.

만주 사절은 그들에게 누구냐고 물었지만 서로 무슨 말인지 알아들을 수가 없었다. 사절은 일등 항해사에게 자신이 밤에 묵기로 한 곳으로 같이 가자고 했다.[22] 사절은 자신을 수행하던 사람들에게 일등 항해사의 말을 통역할 수 있는 사람이 있는지 물었다. 결국 앞서 언급되었던 벨테브레이가 왕의 명령을 받아 그곳으로 급파되었다.

우리 역시 집에서 끌려 나와 궁으로 압송되었다. 조정의 관료들 앞에 불려 나간 우리는 이 사실을 알고 있었는지 추궁당했다. 우리는 몰랐다고 대답했다. 그럼에도 불구하고 그들은 우리가 동료 두 사람이 사라진 것을 알리지 않았다는 이유로 볼기 50대씩 맞는 벌을 내렸다. 이 일에 관해 계속해서 보고를 받고 있던 왕은 우리에게 볼기를 때리는 형벌이 내려진 것을 못마땅하게 여겼다. 왕은 우리가 폭풍우 때문에 이 나라에 온 것이지 무언가를 훔치러 온 것이 아니라며, 우리에게 집으로 가 따로 통지가 있을 때까지 나오지 말라는 명령을 내렸다.

만주 사절이 있는 곳에 도착한 일등 항해사[23]와 벨테브레이는 여러 가지 질문을 받았다. 이 일은 왕과 조정 관료들의 힘으로 해결되었다. 그러니까 칸청나라 황제에게 이 사실을 알리지 말아 달라는 뜻으로 사절에게 엄청난 뇌물을 준 것이다. 조선의 왕과 조정 관료들은 제주에서 건진 물건과 총을 조공으로 내놓으라는 말을 듣게 될까 봐 두려워했다. 우리의 일등 항해사와 포수는 서울로 압송되어 투옥되었고, 얼마 후 사망했다. 우리에게는 그 두 사람을 방문하는 일이 허락되지 않았기 때문에 그들이 자연사했는지 아니면 참수형을 당했는지 정확히 들은 바가 없다.[24]

6월에 만주 사절단이 다시 오게 되었다. 우리는 장군 앞으로 오라는 명령을 받았다. 장군에게로 가니, 벨테브레이가 퀠파르트섬에 또 다른 배가 난파했다고 왕의 명령을 전달했다. 그리고 벨테브레이 자신은 고령으로 그곳에 갈 수 없으니 우리 중 조선말을 가장 잘하는 세 사람이 그곳으로 가 어떤 배인지 알아보라고 했다. 2~3일 후 조선인 병사 한 명과 조수 한 명, 포수 한 명 그리고 선원 한 명을 동반해 제주로 내려갔다.[25]

8월에 우리는 앞서의 두 포로가 사망했으며, 만주 사절단이 다시 오고 있다는 이야기를 들었다. 집에서 철저한 감시를 받고 있던 우리는 태형을 받을지도 모른다는 위협마저 느꼈다. 만주 사절단이 돌아가기 2~3일 전부터는 외출마저 금지되었다. 만주 사절단 도착 직전에 우리는 동료 세 사람이 보낸 편지 한 통을 전해 받았다. 그들은 조선 땅 최남단 끝 어느 요새에 있다고 알려 왔다. 엄중한 감시 속에 있으며 만주의 칸이 우리의 존재를 알고 우리를 요구할까 봐 그곳에 보내졌다고 했다. 만약 우리를 요구했다면, 목사는 그들이 섬으로 가는 도중에 배가 난파했다는 보고를 올렸을 것이다. 우리의 존재를 감추어 이 나라에 붙잡아 두려고 말이다.[26]

연말쯤 조공을 챙기려고 얼음을 건너 만주 사절단이 다시 왔다. 앞서와 같이 왕은 우리를 잘 감시하라는 명령을 내렸다.

1656

만주 사람들이 두 번이나 우리에 대해서 아무런 언급을 하지 않고 돌아갔기 때문에 1656년 초, 우리를 눈엣가시처럼 여기던 조정 관료들과 고위 인사들이 우리를 없애 버리자고 왕에게 요청했다. 관계 당국은 사흘 동안 이 일을 가지고 서로 논의했다. 우리를 동정하고 있던 왕과 왕의 동생, 장군 그리고 몇몇 고관들은 그 의견에 강력하게 반대하고 나섰다. 장군은 우리를 죽이는 대신 우리 한 사람당 조선 사람 두 명을 똑같이 무장시켜 서로 싸우게 하자고 했다. 우리 모두가 죽을 때까지 계속해서 싸우게 하면 백성들 사이에서는 왕이 이방인을 드러내 놓고 죽인 것으로 알려지지는 않을 거라고 했다. 우리에게 호의적인 사람들이 이 모든 것들을 비밀리에 알려 주었다. 이 일들이 논의되는 동안 우리는 집을 떠나서는 안 된다는 명령을 받았다. 무엇이 우리를 위협하고 있는지 모르던 우리는 벨테브레이와 함께 이 상황에 대해 이야기를 나누었다. 벨테브레이가 무심하게 말했다. "당신들이 사흘만 더 목숨을 부지한다면 앞으로 더 오래 살게 될 거요." 그 회의를 주재하던 왕의 동생은 오가는 길에 우리가 살고 있는 곳을 지나쳐야 했다. 왕의 동생을 본 우리는 그 앞에 엎드려 호소했고, 그는 왕에게 그 사실을 말했다. 이렇게 해서 많은 이들의 반발을 무릅쓰고 왕과 왕의 동생이 도와준 덕에 우리는 목숨을 부지할 수 있었다.

우리에게 호의적이지 않은 이들은 우리가 다시 만주 사절단에 접근할 것이라는 주장을 펼치며 압박했고, 그 때문에 곤란해진 왕은 우리를 **전라도**로 추방하기로 결정했다. 하지만 목숨은 건졌기에 우리로서는 기쁜 일이었다. 왕은 매달 자신의 소득에서 우리에게 쌀 50캐티[30kg]를 주기로 했다.

3월 초, 우리는 말을 타고 성을 떠났다. 벨테브레이와 다른 지인들은 성에서 약 1마일[6km] 밖에 있는 강까지 나와 우리를 배웅해 주었다. 우리가 나룻배에 올라타자 벨테브레이는 성으로 돌아갔다. 그것이 우리가 마지막으로 그를 본 것이었고, 그 후로 그의 소식은 접하지 못했다.

우리는 성으로 올 때 지나갔던 고을을 똑같이 되짚어 갔다. 성으로 갈 때 그랬던 것처럼 곳곳에서 나랏돈으로 음식과 말이 지급되었다. 마침내 우리는 **영암**이라는 고을에 도착했고 그곳에서 하룻밤을 묵었다.

아침에 출발하여 오후에 요새가 있는 큰 고을에 도착했다. **태창**(큰 곡창지대) 혹은 **전라병영**(전라수비대)이라는 그곳은 관찰사 다음으로 권위 있는, 전라도 군사령관절도사이 사는 곳이다. 병사가 왕의 편지와 함께 우리를 절도사에게 인도했다. 그리고 그 병사는 작년에 서울에서 쫓겨났던 우리의 동료 세 사람을 이곳으로 데려오라는 명령을 받았다. 세 사람은 12마일70㎞ 떨어진, 부사령관이 살고 있는 요새에 있었다.[27] 그리고 우리가 다 함께 모여 살 수 있도록 그 지역의 집 한 채를 바로 지급해 주었다. 사흘 후, 동료 세 사람이 합류해 우리는 모두 33명이 되었다.

4월에 우리는 섬(제주도)에 그때까지 남아 있던 가죽을 받았다. 그 가죽들은 도성까지 이송될 만한 가치가 없었기 때문이었다. 우리가 있는 곳은 섬에서 18마일100㎞밖에 되지 않은 데다, 해안과 가까웠기 때문에 가죽을 가져오기는 쉬웠을 것이다. 우리는 가죽으로 직접 옷을 해 입고 새 숙소에서 필요한 세간도 구할 수 있었다. 절도사는 우리에게 한 달에 두 번 관가 앞의 광장이나 장터에서 풀을 뜯고 청소를 하라고 지시했다.

1657

새해가 되자마자 절도사유정익는 업무상의 과실로 왕의 명에 의해 쫓겨나게 되었다. 그는 생명도 위태로운 지경에 처했다. 하지만 백성들의 사랑을 한 몸에 받고 있었던 그를 위해 고위층이 나서서 조정을 해 주었다. 명문가 출신임을 감안하여 왕은 그를 용서하고 더 중요한 직위로 진급시켰다. 그는 백성들뿐 아니라 우리에게도 아주 좋은 사람이었다.

2월이 되어 우리는 새로운 절도사를 맞게 되었다. 그런데 그는 전임자와는 달랐다. 그는 아주 빈번히 우리에게 노역을 시켰다. 전임자는 땔감을 공급해 주었지만 신임 절도사는 이런 혜택을 없애 버렸기 때문에 우리는 직접 나무를 해야 했다. 땔감을 구하기 위해서는 산을 넘어 3마일(20km)은 가야 했다. 아주 지긋지긋한 일이었다. 하지만 9월에 그 일로부터 벗어날 수 있었다. 절도사가 심장마비로 죽었기 때문이다. 우리와 백성들은 그의 죽음을 아주 기뻐했다. 그는 가혹한 지배자였다.

11월에 조정에서 새 절도사를 보냈다. 그는 우리에게 전혀 관심이 없었다. 우리가 새 옷과 여러 물품이 필요하다고 말하자, 그는 왕으로부터 우리 몫으로 받아서 지급하는 쌀 이외에 다른 것을 주라는 명령을 받은 적이 없다고 말했다. 다른 필수품들은 우리 스스로 자급자족해야 했다. 계속해서 나무를 하러 다니느라 옷이 다 해진 데다 겨울이 다가오고 있었다. 이곳 사람들은 호기심이 많은 데다가 이국적인 이야기를 몹시 듣고 싶어 했다. 그리고 이곳에서는 구걸하는 것이 부끄러운 일이 아니라는 사실을 알고 있었기에 너무나 곤궁했던 우리는 결국 구걸에 나서게 되었다. 우리는 그 일을 받아들이고 견뎠다. 구걸과 남은 식량 그리고 다른 필수품으로 우리는 추위에 대비할 수 있었다. 밥과 함께 먹을 소금 한 줌을 얻기 위해 종종 반 마일3㎞을 걸어야 했기 때문에 우리는 절도사에게 차례로 3~4일 동안 외출하는 것을 허락해 달라고 요청했다. 나무를 해서 사람들에게 파는 동안 옷은 해졌고, 대부분의 경우 겨우 밥과 소금, 물만 먹고 지내느라 아주 비참한 우리에게는 모든 것이 무거운 짐이었다. 겨울을 나는 동안 농부들과 절(이 나라에는 절이 많았다.)에 있는 스님에게 우리의 운을 맡기고 싶었다. 절도사는 우리의 요청을 허락했고, 우리는 그들의 도움으로 옷가지를 얻어 겨울을 지낼 수 있었다.

1658

새해가 되자 절도사가 전출되고 새 절도사가 임명되었다. 새 절도사는 우리가 외출하는 것을 금지하는 대신 매년 포목 세 필을 주겠다고 제안했다. 대신 그것을 얻기 위해 우리는 매일 일을 해야 했다. 하지만 반찬이나 땔감, 기타 여러 가지 물품에다가 옷까지 구하려면 그것으로는 부족했다. 더군다나 그해는 흉작이었고 모든 것이 비쌌다. 우리는 그 제안을 정중하게 거절하고, 교대로 15~20일의 외출을 허락해 줄 것을 요청했다. 절도사는 이 요청을 승낙했다. 더군다나 우리 사이에 장티푸스가 발병했는데, 그들은 장티푸스를 몹시도 싫어했다. 절도사는 남은 사람들이 환자들을 돌보고 외출한 사람들은 도성(서울)이나 일본인 정착촌 근처에 가서는 안 된다고 명령했다.[28] 우리는 풀 뽑는 일을 하고, 때로는 허드렛일도 해야 했다.

1659

4월에 왕[29]이 사망하고, 만주의 동의를 얻어 그의 아들^{현종}이 왕위에 올랐다. 우리는 하던 일들을 계속하며 그럭저럭 지냈다. 우리는 스님들과 아주 사이가 좋았다. 스님들은 매우 너그러웠고 우리를 아주 좋아했다. 특히 우리나라의 풍습과 다른 나라에 대해 이야기할 때 아주 좋아했다. 그들은 다른 나라 사람들이 살아가는 방식을 몹시도 듣고 싶어 했다. 허락만 되었다면 그들은 밤새 우리 이야기를 들었을 것이다.

1660

새 왕이 즉위한 첫 해가 시작되자 우리는 전임 절도사로부터 벗어났다. 그리고 새 절도사^{구문치}가 부임했다. 새 절도사는 우리에게 아주 호의적이었다. 그는 만약 자신의 권한으로 할 수만 있다면 우리를 본국의 가족과 친지에게로 돌려보냈을 거라고 종종 말했다. 그는 우리에게 자유를 주었으며, 두 전임 절도사가 우리에게 지운 짐들을 없애 주었다.

그해 농작물 수확은 아주 나빴다.

1661

비가 오지 않아 흉년이 심하게 들었다.

1662

올해는 새 작물이 나올 때까지 상황이 아주 심각했다. 수천 명의 사람들이 굶주림으로 죽어 갔다. 노상강도가 많아 길을 다닐 수가 없을 정도였다. 왕의 명령으로 길에는 강력한 경비대들이 주둔하게 되었다. 그들은 굶주림으로 길가에서 죽은 시체들을 땅에 묻거나 여행자들을 보호했으며, 동시에 일상적으로 일어나는 살인과 강도를 방지했다. 몇몇 고을과 마을은 노략을 당했다. 국고[30)]를 깨부수고 곡식을 훔쳐 가는 일도 있었지만 범인은 잡지 않았다. 대부분 고위 관료의 종들이 한 짓이었기 때문이다. 보통 백성들과 가난한 사람들은 살아남기 위해 도토리와 소나무 속껍질, 잡초를 먹었다.

* * *

이제 이 나라가 어디쯤 위치해 있는지, 그리고 이 나라 사람들은 어떻게 사는지 이야기 하겠다(「조선왕국에 대한 기술」 참조).

* * *

1663

힘든 시간은 3년 이상 지속되었다. 많은 사람들이 죽어 갔다. 앞서 언급했듯이 보통 사람들은 수확할 거리가 없었다. 하지만 저지대나 강이나 습지 근처에 위치한 고을에서는 그나마 다른 고을에 비해 곡물을 조금 더 생산할 수 있었다. 그마저 없었다면 온 나라가 거의 다 굶어 죽었을 것이다. 올해가 시작되면서 우리에게 더 이상 쌀을 지급할 수 없게 된 절도사는 이 상황에 대해 관찰사^{전라관찰사} 이태연에게 편지를 썼다. 우리의 쌀이 왕의 소득에서 지급되었기에 왕에게 알리지 않고서는 우리를 다른 곳으로 옮길 수 없었기 때문이다.

2월 말, 절도사는 우리를 세 고을에 분산시키라는 명령을 받았다. 12명은 **여수**[31], 5명은 **순천**[32], 5명은 **남원**[33]으로 분산되었다. 당시 우리는 모두 22명이었다.[34] 우리는 서로 떨어진다는 사실에 몹시 슬펐다. 이곳에서 집과 세간을 마련하고, 작은 텃밭도 가꾸면서 이 나라의 방식에 따라 그럭저럭 잘 적응하고 있던 상태였다. 이 모두는 엄청난 수고로 얻은 것들이었는데, 이제 이것들을 다 두고 떠나야 하는 것이다. 새로운 고을에 가서 힘든 시간을 겪다 보면 다시 이렇게 편안해지기가 쉽지 않을 것이다. 하지만 이 슬픔이 구출된 사람(즉, 일본으로 탈출한 사람)에게는 기쁨으로 바뀌었다.

 3월 초, 우리는 그간 베풀어 준 은혜와 우리에게 보여 준 우정에 감사 인사를 한 후 절도사와 헤어졌다. 절도사는 환자들과 얼마 안 되는 소지품들을 수송하기 위해 말을 지급했다. 건강 상태가 양호한 자들은 걸어야 했다. 순천과 여수로 떠나야 하는 사람들은 같은 길로 갔다. 첫날 저녁, 어느 고을에 도착하여 잠을 자고 둘째 날 저녁에는 다른 고을에서 묵었다. 그리고 넷째 날 순천에 도착했고, 다음 날 그곳에 남기로 예정된 5명을 남겨둔 채 나머지 사람들은 떠났다. 우리는 관가의 창고에서 하룻밤을 묵고 해가 뜰 무렵 출발해 9시 무렵에 여수에 도착했다. 동행했던 관찰사의 하인이 그곳에 살고 있는 절도사, 즉 **전라도**의 수군 대장전라좌수사에게 우리를 데려갔다. 그는 우리에게 세간이 있는 집을 한 채 바로 지급하며 지금까지 받던 것과 같은 양의 식량을 주었다. 그는 착하고 예의 바른 사람처럼 보였지만 우리가 도착하고 이틀째 되던 날 떠났다.

 그가 떠나고 사흘 뒤, 새로운 좌수사이저가 부임했다. 고난의 시작이었다. 매일 우리는 여름에는 뜨거운 태양 아래에서, 겨울에는 빗속에서, 혹은 우박을 맞거나 눈을 맞으며 이른 아침부터 밤까지 만반의 준비를 하고 서 있어야 했다. 날씨가 좋을 때면 화살 줍는 일만 했다. 무관들과 부하들이 최고의 궁수가 되기 위해 매일 같이 활쏘기 연습만 했기 때문이다.[35] 좌수사는 우리에게 더 많은 일을 시켰다. 그는 기독교 신자를 괴롭혔다. 결국 신은 그가 그 대가를 치르도록 했는데, 그 이야기는 나중에 하도록 하겠다. 우리는 큰 슬픔 가운데 그 시간을 견뎌야 했다. 겨울이 닥쳤지만 흉작으로 인해 여벌이 없었다. 다른 고을에 있는 우리 동료들은 농사가 잘되서 옷을 구할 수 있는 가능성이 우리보다는 좀 더 컸다. 우리는 좌수사에게 그 사실을 말하며, 사흘씩 교대로 우리 전체가 해야 할 일을 우리 중 절반만 하고, 남은 절반은 그동안 식량을 구하러 다니면 어떻겠는지 물었다. 그렇게 하면 나쁘지 않을 거라 생각했는데, 결과도 꽤 괜찮았다. 고관들은 우리를 아주 가엾게 여겨 기한에 대해서는 종종 모르는 척 눈감아 주기도 해, 우리는 보름에서 한 달간 나가 있을 수도 있었다. 우리는 얻은 것들을 동료들과 함께 똑같이 나누었다. 이 일은 현직 좌수사가 떠날 때까지 계속되었다.

1664

1664년 초, 좌수사의 임기가 끝났다. 왕은 그를 그 지방의 서열 두 번째 장군 자리에 임명했다. 그리하여 우리는 새로운 좌수사를 맞이했다. 그는 부임하자마자 우리를 모든 부역으로부터 풀어 주고 다른 지역에 있는 우리 동료들보다 더 많이 일을 해서는 안 된다고 명령을 내렸다. 그러니까 한 달에 두 번 소집에 응하고, 교대로 우리가 살고 있는 집을 관리하면 되었다. 외출할 때는 허락을 받고 우리의 행선지를 보좌진에게 알리면 되었다.

우리는 잔인한 사람으로부터 놓여나 좋은 사람을 만나게 된 것을 신께 감사드렸다. 새로 부임한 좌수사는 우리를 더없이 잘 대접해 주었다. 우리에게 아름다운 우정을 베풀어 주었다. 그는 가끔 우리를 불러 음식과 마실 것을 주고 위로하기도 했다. 그리고 종종 우리에게 바닷가에 살고 있는데 왜 일본으로 가려고 시도해 보지 않느냐고 물었다. 그 물음에 우리는 항상 왕이 허락하지도 않거니와 길도 모르고, 타고 달아날 배도 없다고 대답했다. 그러면 그는 해안에는 배가 많지 않으냐고 했고, 우리는 그 배들은 우리 것이 아니라고 대답했다. 그리고 만약 실패할 경우, 왕은 우리가 달아난 것뿐 아니라 배를 훔친 일에 대해서도 벌을 줄 것이라고 말했다. 우리는 의심을 불러일으키지 않도록 그렇게 대답했다. 그렇게 말할 때마다 그는 아주 크게 웃었다. 당시, 우리는 기회를 엿보며 배를 구하기 위해 할 수 있는 일은 모두 다하고 있었지만 좀처럼 배를 살 수가 없었다. 경계를 늦추지 않는 자들 때문에 배를 사는 일은 늘 수포로 돌아갔다.[36]

후임 좌수사는 부임한 지 6개월 정도 지났을 때, 왕의 명에 따라 조정으로 소환되었다. 좌수사의 통치가 엄격했기 때문이다. 귀족양반이든 평민이든 가릴 것 없이 작은 일이라도 적발되면 죽도록 때렸다. 이 때문에 좌수사는 조정에서 정강이를 90대 맞고 종신 유배되었다.

그해 말, 하늘에 꼬리 달린 별혜성 하나가 나타난 것이 보였고, 이어서 또 꼬리 달린 별 두 개가 보였다. 처음 것은 남동쪽 하늘에서 두 달 동안 보였고, 두 번째 것은 남서쪽 하늘에서 보였는데 꼬리가 서로를 향하고 있었다.[37] 이 현상에 조정은 들썩였다. 왕은 모든 항구에 전쟁선을 대비시키고 모든 요새에 군량과 탄약을 지급하라고 명령했다. 무슨 일이 일어날 거라는 예감에 기병과 보병은 매일 훈련을 해야 했다. 밤이면 해안에서는 집 밖에서만 아니라 집 안에서도 절대 불을 켜서는 안 되었다. 평민들은 다음 쌀 수확 때까지 버틸 수 있도록 식량을 확보해 두었다. 만주가 조선을 점령했을 때나[38] 일본이 조선과 전쟁을 시작했을 때 하늘에서 비슷한 징조가 보였기 때문에 조선 사람들은 더욱 두려워했다. 고관이든 일반인이든 우리들에게 이런 징조가 보이면 우리 나라 사람들은 뭐라고 하느냐고 끊임없이 물었다. 우리는 하늘에서 벌을 내릴 징조이거나 전쟁, 힘든 시기, 질병에 대한 전조로 추측한다고 대답하자 사람들은 우리 말에 동의했다.[39]

1665

올해도 우리는 힘겨운 시간을 보내야 했다. 배를 구하려고 온갖 노력을 다했지만 언제나 실패했다. 그러던 중에 작은 배 한 척을 구했는데, 우리는 그 배를 타고 반찬이나 먹을 음식을 구하러 다니기도 하고, 섬 주변을 돌며 전능자께서 언젠가 우리를 구출해 주실 가능성이 있는지를 살펴보기도 했다.

다른 두 고을에 있는 우리 동료들도 그들의 절도사들이 오고 가는 동안 편할 때도 있었고 고된 시간을 보낼 때도 있었다. 그들의 절도사들도 우리 절도사들과 마찬가지로 어떤 사람은 착하고 어떤 사람은 나빴기 때문이다. 그래도 우리는 이 교도의 나라에 사는 불쌍한 포로라는 사실을 인지하고, 그들이 우리를 살려 두고 굶어 죽지 않도록 먹을 것을 넉넉하게 주는 것만으로도 신께 감사하며 이 모든 것들을 견뎌야 했다.

1666

올해 초, 우리는 좋은 친구를 다시 보내게 되었다. 좌수사의 임기가 끝이 나자 왕이 그를 더 높은 지위에 앉혔기 때문이다. 2년 동안 좌수사는 우리에게 많은 우의友誼를 보여 주었다. 좌수사는 또한 자신이 베푼 선행 덕에 마을 백성들과 농부들에게도 엄청난 사랑을 받았다. 왕과 고관들은 그의 선정과 학식을 높이 평가했다. 그는 부임해 있는 동안 마을과 농촌 주민의 집들뿐 아니라 해안과 전쟁선을 개선했다. 이 모든 것을 조정에서 높이 칭송했고, 결국 왕은 그에게 좋은 관직을 하사했다.[40]

해안 지역에는 반드시 지휘관수군절도사이 있어야 하기 때문에 신임 좌수사가 오기 전에 전임은 떠날 수 없었다. 신임 좌수사는 사흘 후에 도착했다. 점쟁이가 그날이 임기를 시작하기 좋은 날이라고 했기 때문이다. 신임 좌수사는 앞에서 언급한 바 있는 유배된 좌수사가 우리를 교육시킨 대로 우리를 부리고 싶어 했다. 하지만 그의 통치는 오래가지 않았다. 그는 우리에게 매일 벼를 찧으라고 했지만, 우리는 전임 좌수사는 그런 일이라면 비슷한 것도 시킨 적이 없다고 말했다. '지급되는 식량뿐 아니라 옷과 다른 필수품도 부족하기에 우리는 시도 때도 없이 구걸을 해야 하며, 왕은 일을 하라고 우리를 이곳에 보낸 것이 아니다. 식량을 얻기 위해 일을 해야 한다면, 우리는 차라리 식량을 받지 않는 대신 자유로운 상태에서 어떻게 하면 음식과 옷을 얻을 수 있을지, 어떻게 하면 일본이나 우리나라로 갈 수 있을지 알아볼 것이다.'라며 우리의 입장을 주장했지만, 그는 아무런 대답도 하지 않았다. 그는 다른 업무로 바쁘다며 물러가라고 명령했고 우리는 그 말에 따라야 했다.

하지만 상황은 급변했다. 얼마 후 수군 훈련이 있었다. 그런데 한 무관의 부주의로 항상 돛대 앞에 놓여 있던 화약 상자[41]에 불이 붙어 배 앞부분이 날아가 버렸고 다섯 사람이 죽었다.

좌수사는 이 사고를 관찰사에게 숨기려 했지만, 일은 그의 의도대로 되지 않았다. 전국에는 이미 왕의 첩자암행어사가 깔려 있었다. 첩자들은 항상 주변을 돌며 각 지방 관찰사에게 보고했고, 관찰사는 바로 조정에 서신을 보냈다. 왕의 명령으로 좌수사는 소환되었다. 그는 정강이를 90대 맞는 형벌에 처해진 후 영원히 유배되었다. 윗사람에게 보고하지 않고 진실을 은폐하여 혼자서 사건을 무마하려 했다는 것이 가장 큰 이유였다.

7월에 다른 좌수사가 부임하였다. 전임자와 마찬가지로 그도 우리에게 엄청나게 많은 일을 시키려고 했다. 그는 우리 모두에게 각자 매일 100패덤180m의 새끼줄을 만들라고 했다. 우리는 그 일은 불가능하다며 전임자에게 했던 것처럼 우리의 요청 사항을 말했다. 하지만 그는 우리가 그 일을 하지 못한다면 또 다른 일을 시킬 거라고 협박했다. 전임자가 면직되지 않았더라면, 그 역시 우리에게 일을 시켰을 것이다. 병영에서 풀을 뽑는 등의 노동을 하면서 잘 알게 되었듯이, 일단 한 좌수사가 관행을 만들어 놓으면 쉽게 없앨 수 없기 때문에 그가 이런 식으로 우리에게 일을 시키면 분명 그의 후임자들도 계속해서 일을 시킬 것이다. 그리고 정상적인 방법으로 배를 구입하는 일은 불가능했으므로 두 배가 되었든 세 배가 되었든 배를 살 돈을 모아 두지 않는다면, 이렇게 특이한 좌수사가 부임해 있는 동안 우리는 계속해서 시중을 들고 화살이나 줍다가 결국 노예 신세가 될 것이라는 사실을 깨달았다.

그래서 우리는 배를 구하기 위해 온갖 수단을 다 찾아보았다. 이런 이교도의 나라에서 악의에 찬 사람들의 손가락질을 받으며 영원한 슬픔과 절망 속에서 노예가 되어 사느니, 한번 탈출을 시도해 보는 것이 낫다고 생각했다.

마침내 우리는 이웃에 사는 한 착한 조선 친구에게 부탁해 보기로 했다. 그는 매일같이 우리가 사는 집에 와서 함께 음식을 먹고 술을 마시기도 했다. 우리는 그를 속여 섬에 있는 목화를 모은다는 구실로 배를 한 척 사 오게 했다. 목화를 모아서 돌아오면 그에게 더 많은 돈을 주겠다고도 약속했다. 우리가 그렇게 더 많은 보상을 하겠다고 한 것은 그가 배를 사도록 부추기기 위해서였다. 그는 바로 알아보기 시작하더니 한 어부에게서 배를 한 척 샀다. 우리는 배값을 지불하고 그에게서 배를 넘겨받기로 했다. 그런데 배를 판 어부는 그 배를 산 사람이 우리라는 사실을 알고는 즉시 거래를 중단했다. 거래가 제삼자를 통해 이루어진 데다가 우리가 탈출할 때 탄 배가 자신의 배라는 사실이 알려지면 자신은 사형당할 거라고 말했다. 그것은 사실이었다. 그래서 우리는 그에게 두 배의 돈을 주며 설득하기 시작했다. 자신을 기다리고 있는 곤란보다도 돈을 더 중하게 생각한 어부와 눈앞에 다가온 기회를 놓칠 수 없던 우리는 결국 의견 일치를 보았다.

그믐에 탈출하기 위해 돛과 닻, 밧줄, 노 등 필요한 모든 것들을 곧바로 준비해 배로 가져갔다. 계절이 바뀌는 그때[42]가 최적기였다. 우리는 신의 가호가 있기를 기도했다.

우리는 곧잘 다른 마을의 동료를 찾아가곤 했는데, 마침 순천에서 우연찮게 부선의 마퇴스 에이보컨과 코르넬리스 디르크서가 방문했고 두 사람에게 탈출 계획을 털어 놓았다. 그들은 이야기를 듣자마자 함께하겠다고 했다. 그리고 순천에 살고 있는, 경험 많은 항해사 얀 피테르서에게 모든 준비가 끝났다는 것을 알리려고 사람을 보냈다. 그런데 우리가 보낸 심부름꾼이 순천에 도착했을 때 피테르서는 약 15마일^{90km} 떨어진 남원에 다른 동료들을 보러 가고 없었다. 심부름꾼은 피테르서를 데리러 남원으로 갔다. 나흘 후 그는 얀 피테르서를 데리고 돌아왔는데, 그동안 그가 다닌 거리는 약 50마일^{300km}이었다.[43]

우리는 다 함께 철저하게 준비했다. 9월 4일에 땔감까지 포함해 모든 준비를 마쳤다. 달이 지고 썰물이 들어오기 전에, 닻을 올리고 바로 떠날 계획이었다. 신의 가호로 무사히 항해할 수 있기를 기도했다. 사실 벌써 주변에서 수군거리는 소리가 들려오고 있었다.

이웃들의 의심을 피하기 위해 우리는 다 함께 그날 밤을 즐겁게 보냈다. 그러는 한편, 마을 성벽을 기어올라 쌀과 물, 솥, 그밖에 항해하는 동안 필요한 것들을 배에 가져다 놓았다. 달이 지자 우리는 성벽을 넘어 배를 타고 대포 사정거리 정도에 있는 섬으로 마실 물을 구하러 갔다. 물을 준비한 뒤에는 그 지역의 배와 전쟁선 옆을 지나야 했다. 그 배들을 지나고 난 후 우리는 순풍을 타기 시작했고, 해류마저 우리를 도왔다. 곧이어 돛을 올리고 만을 빠져나왔다. 날이 밝을 무렵 배 한척을 지나쳤는데 그 배에 타고 있던 사람들이 우리를 큰 소리로 불렀다. 하지만 그 배가 감시선해안 경비선일까 무서워 대답하지 않았다.

다음 날, 9월 5일 해가 뜰 무렵, 바람이 잦아들었다. 돛을 보고 그들이 쫓아올까 두려워 돛을 내리고 노를 젓기 시작했다. 정오가 다가오자 서쪽에서 부는 바람으로 날씨가 좀 차가워졌다. 다시 돛을 올리고 남동쪽이라 추측되는 곳으로 항해를 계속했다. 저녁이 다가오자 같은 방향에서 부는 바람 때문에 꽤 추워졌다. 조선 땅 최후의 지점을 뒤로하는 순간, 붙잡힐 것을 더 이상 두려워하지 않게 되었다.

9월 6일 아침, 일본 열도 중 한 섬에 가까워졌다. 우리는 같은 바람을 타고 같은 속도로 가고 있었다. 저녁에는 그 섬 근처에 있었는데, 나중에 일본인들이 설명해 주기를 피란도(히라도)라고 했다. 우리 중 일본에 가 본 사람이 아무도 없었기 때문에 우리는 해안을 몰랐고, 조선 사람들은 우리에게 제대로 알려 줄 수 없었다. 그들은 나가사키에 도착하려면 우현으로는 섬이 보이지 않아야 한다는 말만 해 주었기 때문에 우리는 방향을 돌렸다. 처음에 그 섬은 아주 작아 보였다. 그날 밤, 섬의 서쪽 해안에 정박했다.

9월 7일, 변덕스럽게 불어 대는 바람으로 날은 더 추워지고 있었고, 우리는 섬들을 따라 항해했다. (수많은 섬들이 나란히 있다는 사실을 나중에야 알게 되었다.) 우리는 섬에서 멀찍이 떨어지려고 노력했다. 저녁이 되어 밤새 정박할 곳을 찾던 중 섬 하나를 발견했다. 바람이 너무 많이 불어 노를 저어 갔다. 하지만 그 작은 섬에 횃불이 너무 많이 보여 항해를 계속하는 게 낫다고 생각했다. 차가운 바람을 타고 밤새 항해를 했다.

9월 8일, 전날 저녁에 있던 곳과 같은 자리에 있다는 사실을 알게 되었다. 해류 때문임이 분명했다. 다시 섬으로부터 멀어지기 위해 바다로 나아갔다. 2마일[10㎞] 정도 나아갔을 때 차가운 바람이 방향을 바꾸어 반대편에서 불어왔다. 바람이 점점 더 강해지고 있었기 때문에 우리의 작고 보잘것없는 배로는 해안으로 가 만을 찾기가 쉽지 않았다. 한낮이 되어서야 어느 만에 도착하여 닻을 내릴 수 있었다. 그곳이 어딘지도 모른 채 우리는 음식을 해서 먹었다. 가끔 사람들이 배를 타고 지나갔지만 우리에게 아무런 관심도 주지 않았다.

저녁이 다가오자 날씨가 누그러들었다. 배 한 척이 우리 곁을 지나갔다. 배에는 허리 양 옆으로 단도를 찬 여섯 명의 남자들이 노를 젓고 있었다. 만 건너 해안에서 그 배에 탔던 남자 하나가 내렸다. 그 모습을 보자마자 우리는 닻을 거두고 돛을 올린 후 노를 저어 바다로 나갔지만, 그 배에 따라 잡히고 말았다. 바람이 우리 반대편에서 불지 않았다면, 그리고 만에 있던 몇몇 다른 배들이 와서 첫 번째 배를 돕지 않았다면 우리는 방망이와 대나무 창으로 그들을 밀어낼 수 있었을 것이다. 그들은 일본인처럼 보였다. 저쪽으로 가라는 것으로 짐작되는 그들의 손짓과 말소리에 우리는 혹시 일본에 상륙하게 되면 보여 주려고 만들어 둔 작은 왕세자기(주황색 또는 빨간색, 하얀색, 파란색의 폭이 좁은 줄무늬 깃발)를 높이 들었다.

우리는 "홀란도, 나가사키!"라고 소리쳤다. 그들은 손짓으로 돛을 내리고 뒤로 노를 저으라고 했기에 우리는 붙잡힌 사람들처럼 시키는 대로 했다. 그들은 와서 우리 배에 오르더니 키를 잡고 있던 사람을 자기 배로 데리고 갔다. 잠시 후, 그들은 우리가 탄 배를 마을 앞으로 끌고 가더니 커다란 닻과 굵은 밧줄로 잘 정박시킨 후 호위대로 하여금 지키도록 했다. 그리고 우리 중 한 사람을 더 끌고 가더니 아까 잡아갔던 키잡이와 함께 해안으로 데려가 심문했다. 하지만 그들은 서로의 말을 알아들을 수가 없었다. 해안에서는 야단법석이 일어났다. 그곳에는 옆구리에 단도 한두 개 차지 않은 사람이 없었다. 우리는 슬픈 눈으로 서로를 바라보며 "이제 끝이군." 하고 생각했다. 그들은 나가사키 쪽을 가리키며 우리 네덜란드 배와 우리 나라 사람들이 그곳에 있다는 것을 설명하는 것 같았다. 그 행동이 다소 우리에게 위안이 되긴 했지만, 우리가 그들에게 붙잡혀 도망갈 수 없는 상황이라 그들이 안심시키려는 거라고 의심하지 않을 수 없었다.

밤이 되자 커다란 범선 한 척이 노를 저어 만으로 들어오더니 우리를 배에 실었다. 그곳에서 우리는 열도에서 서열 3위인 관리나가사키 부교를 만났다. (그 사실을 나가사키에 가서야 알게 되었다.) 그 관리는 우리가 네덜란드 사람이라는 것을 알고 있다고 했다. 그는 몸짓으로 나가사키에 배 다섯 척이 있으며 나흘이나 닷새 후에 우리를 그곳에 데려갈 것이니 안심하라고 했다. 이 섬은 고토섬이며 황제천황의 통치 아래 일본인들이 거주하고 있다고 했다. 그들은 우리에게 어디서 온 거냐고 물었고, 우리는 온갖 몸짓으로 조선에서 왔다고 대답했다. 13년 전에 우리가 타고 있던 배가 한 섬에서 좌초되었으며, 이제 우리 동포들을 만나기 위해 나가사키로 가려 한다고 말했다. 우리의 기분은 조금 가벼워졌지만 두려움은 여전히 떨칠 수 없었다. 조선 사람들이 일본 열도에 이방인이 가면 맞아 죽는다고 말했기 때문이다. 작고 초라하기 그지없는 낡은 배를 타고 아무도 모르는 항로로 40마일232km을 항해했음에도 불구하고 말이다.

9월 9일과 10일, 11일에 우리는 정박하고 있었다. 육지에서만 아니라 배에 있을 때도 경계는 삼엄했다. 그들은 우리에게 음식과 물, 땔감 등 필요한 것들을 제공해 주었다. 계속해서 비가 내렸기 때문에 우리가 비에 젖지 않도록 작은 밀짚 거적으로 배를 덮어 주기도 했다.

9월 12일, 그들은 나가사키로 가기 위해 필요한 모든 것들을 제공해 주었다. 오후에 닻을 올려 출발해, 저녁 무렵에는 섬의 반대편 마을 앞에 정박해 그날 밤을 보냈다.

9월 13일 해 뜰 무렵, 그 관리가 황궁으로 가지고 갈 서신과 진상품을 범선에 싣고 왔다. 우리는 닻을 올리고 큰 배 두 척과 작은 배 두 척의 호위를 받으며 출발했다. 육지로 끌려갔었던 우리 동료 두 사람은 큰 배 중 하나에 타고 있었는데 그들은 나가사키에 가서야 우리와 합류했다.

저녁 무렵이 되자 우리는 만 앞에 이르렀고, 자정 무렵 나가사키의 정박지에 정박했다. 그곳에서 우리는 앞서 들은 대로 배 다섯 척을 보았다. **고토**의 거주자들과 관리들은 아무 대가도 바라지 않고 우리에게 매우 잘해 주었다. 별달리 줄 것이 없었던 우리는 그들에게 약간의 쌀을 선물하려 했지만 그들은 받지 않았다.

9월 14일 아침, 우리는 모두 해안에 상륙해 회사 통역관의 환영을 받았다. 회사 통역관은 우리에게 이것저것 세세하게 물었고 모든 내용은 글로 작성되어 총독에게 제출되었다.

정오가 되어 갈 무렵 우리는 수장 앞으로 불려 가 질문을 받고 대답을 했는데, 그것은 아래에 적힌 바와 같다. 수장은 자유를 찾아 위험을 무릅쓰고, 작고 낡고 초라한 배로, 그토록 넓은 바다를 건너온 우리를 높이 칭찬해 주었다. 총독은 통역관에게 우리를 데지마섬의 상관장*에게 데려가라고 명령했다. 그곳에 도착하니 상관장 빌헬름 볼허르 각하, 차석인 니콜라스 데 로에이 그리고 그 밖의 관리들이 우리를 극진히 맞아 주었고, 네덜란드 옷을 제공해 주었다.

이 모든 감사한 일들은 신께서 축복을 내리고 건강을 주셨기 때문이리라. 13년 28일 동안 슬픔과 위기 속에서 계속된 포로 생활을 하던 우리를 구해 주신 하느님께 뭐라 감사의 말을 해야 할지 알 수 없었다. 이제는 그곳에 남아 있는 8명의 동료들도 구출될 수 있도록 전지전능한 하느님께서 은혜를 베풀어 주시길 기도드릴 뿐이었다.

* * *

10월 1일 볼허르 각하가 섬을 떠나, 10월 23일에는 만에 있던 7척의 배와 함께 돌아갔다. 우리는 슬픔에 잠겨 떠나는 배들의 뒷모습을 지켜보았다. 각하와 함께 바타비아로 갈 수 있으리라고 기대했었기 때문이다. 하지만 나가사키의 수장은 우리를 1년 더 붙잡아 두었다.**

10월 25일, 통역관이 섬에서 우리를 데리고 수장에게로 갔

---

*일본 에도 시대에 나가사키에 마련된 인공 섬 데지마 상관(商館)의 대표 책임자로, 동인도연합회사 소속 네덜란드인을 일컫는다.
**당시 나가사키에서 바타비아로 떠나는 배는 1년에 한 차례밖에 없었다.

스티흐터르 판에 실린 8장의 판화

다. 수장은 앞에서 언급했던 질문들을 우리 각자에게 했다. 그리고 통역관이 우리를 다시 섬으로 데려왔다.

* * *

우리의 도착 경위에 대한 나가사키 수장의 질문과 그에 대한 우리의 대답. 우리의 이름은 맨 아래에 밝힘.

1. 너희는 어떤 사람이며 어디에서 왔는가?
우리는 네덜란드 사람이고 조선에서 왔다.

2. 너희는 어떻게 그곳에 갔으며 무슨 배로 갔는가?
1653년 8월 16일, 닷새 동안 계속된 폭풍 때문에 우리가 타고 있던 스페르베르호가 난파되어서 가게 되었다.

3. 어디에서 난파되었으며, 선원은 몇 명이었고 대포는 몇 문이었나?
우리는 퀠파르트라고 부르고 조선 사람들은 제주라고 하는 섬이었다. 우리는 모두 64명이었고, 대포는 30문이었다.

4. 섬은 본토에서 얼마나 멀리 떨어져 있으며 형세는 어떤가?

본토에서 남쪽으로 10~12마일60~70㎞ 정도 떨어져 있다. 인구가 밀집해 있고 비옥하며 섬 둘레는 약 15마일90㎞ 정도 된다.

5. 배를 타고 출발한 곳은 어디이며, 중간에 머문 곳은 어디인가?

페르뷔르흐 각하의 뒤를 이어 총독이 될 세저르 각하를 태우고 6월 18일 바타비아를 출발해 타이완으로 향했다.

6. 너희의 짐은 무엇이며 어디로 가고 있었는가? 그리고 당시 이곳의 상관장은 누구였나?

일본으로 가기 위해 타이완을 출발했다. 사슴 가죽, 설탕, 백반 등 여러 가지 물건들을 싣고 있었다. 그 당시 상관장은 코에이엇 씨가 직무 대행 중이었다.

7. 선원들은 얼마나 생존했으며 짐과 총기 중에 무엇이 남았는가?

28명은 사망했다. 짐과 총기는 분실되었다. 나중에 별로 중요하지도 않은 것들을 건지기도 했지만 그 물건들을 어떻게 처리했는지는 전혀 아는 바가 없다.

8. 배가 난파된 후 조선 사람들은 너희들에게 어떻게 했

나?

조선 사람들은 우리를 감옥에 넣었다. 하지만 잘해 주고 음식을 주었다.

9. 중국인이나 중국 범선을 사로잡으라거나, 혹은 중국 해안을 약탈하라는 등의 명령을 받았는가?

곧바로 일본으로 가라는 것 외에 다른 명령은 없었다. 폭풍 때문에 조선 해안으로 밀려갔을 뿐이다.

10. 배에 네덜란드 사람 이외의 기독교인이나 다른 국적자가 승선해 있었나?

회사에서 고용한 직원 외에는 아무도 없었다.

11. 섬에는 얼마나 오래 머물렀는가? 그리고 섬에서 어디로 끌려갔는가?

섬에서 10개월 정도 머물고 있을 때 서울에 있는 왕의 조정으로 소환되었다.

12. 제주는 서울에서 얼마나 멀리 떨어져 있나? 가는 데 얼마나 걸렸나?

이미 언급한 대로 제주는 본토에서 10~12마일[60~70km] 떨어진 곳에 위치해 있다. 우리는 말을 타고 14일간 이동했으며 수

로와 육로 모두 합하여 대략 90마일520㎞이었다.

13. 도성에서는 얼마 동안 살았는가? 그곳에서는 무엇을 하였으며 왕이 어떤 것들을 지원해 주었는가?

우리는 조선 방식으로 3년 동안 살았고 장군훈련대장의 호위병으로 일했다. 급료로 매달 쌀 70캐티40㎏와 함께 의복을 받았다.

14. 무슨 이유로 왕은 당신들을 멀리 보냈으며, 어디로 보냈는가?

우리의 일등 항해사와 또 다른 동료가 중국을 통해 우리나라로 돌아가려고 만주 사절단을 쫓아갔다가 결국 실패하고 말았다. 왕은 우리를 전라도로 추방했다.

15. 만주 사절을 쫓아갔던 사람들은 어찌 되었나?

그들은 바로 투옥되었다. 그들이 사형당했는지 아니면 자연사했는지는 잘 모르겠다. 정확히 알 수 있는 방법이 없었다.

16. 조선이 얼마나 큰지 알고 있는가?

우리 추측으로 조선은 남북의 길이는 140~150마일800~900㎞ 정도에, 동서의 너비는 70~80마일400~450㎞이다. 8도로 나뉘어 있고 360개의 고을이 있으며 크고 작은 섬들도 많이 있다.

17. 그곳에서 기독교인이나 다른 국적의 외국인을 본 적이 있는가?

네덜란드인 얀 야너스 말고는 보지 못했다. 그는 1627년에 배를 타고 타이완에서 출발해 항해하던 중 폭풍우를 만나 해안으로 떠밀려 갔다. 물을 얻기 위해 얀을 포함한 세 사람이 작은 배를 타고 해안으로 갔다가 붙잡혔다. 얀 야너스의 동료 두 사람은 만주가 침입했을 때 전쟁에서 사망했다. 또 중국인들도 몇몇 있는데, 그들은 전쟁 때문에 중국에서 조선으로 도망쳐 온 사람들이었다.

18. 얀 야너스는 아직 살아 있나? 어디에 살고 있나?

그가 살아 있는지 우리는 확실히 모른다. 그는 조정에 있어서 10년간 보지 못했다. 죽었다는 사람도 있고 살아 있다는 사람도 있다.

19. 조선 사람들의 무기와 군사 장비들은 어떤가?

그들의 무기는 머스킷 총과 검, 활과 화살이다. 작은 창도 일부 사용한다.

20. 조선에는 성이나 요새가 있나?

고을에는 작은 요새가 있다. 산의 높은 곳에는 요새가 있는데 전쟁이 나면 백성들은 그곳으로 피난을 가고, 3년간 버틸 수 있는 식량이 항상 비축되어 있다.

21. 바다에는 어떤 전쟁선이 있나?

각 지역마다 한 척의 전쟁선을 유지해야 한다. 각 군함에는 병사뿐 아니라 노 젓는 사람을 포함해 200~300명의 병력이 배치되어 있다. 그 배에는 작은 대포들도 실려 있다.

22. 조선은 전쟁 수행 중인가? 어느 왕에게 조공을 바쳐야 하나?

그들은 전쟁 중이 아니다. 만주 사신이 1년에 두세 번 조공을 걷으러 온다. 얼마나 많은지 모르겠지만 그들은 일본에도 조공을 보낸다.

23. 그들은 어떤 신앙을 가지고 있는가? 그들은 당신들을 개종시키려 했나?

우리가 알고 있는 한, 조선인들은 중국인과 같은 신앙을 가지고 있다. 그들은 다른 사람을 억지로 개종시키려 하지 않고 각자 자신의 생각대로 산다.

24. 조선에는 절이나 조각상이 많은가? 그리고 그들은 어떻게 의식을 행하는가?

산에 절이 많고 그 안에 불상이 많다. 우리가 보기에 그들은 중국식으로 참배한다.

25. 승려는 많은가? 그들은 어떻게 머리를 깎고 어떤 옷을 입는가?

승려는 많다. 그들은 수행과 구걸탁발로 생계를 이어간다. 그들이 머리를 깎고 옷을 입는 방식은 일본 승려와 같다.

26. 상류 사람들과 일반 사람들은 어떻게 옷을 입는가?

대부분 중국식으로 옷을 입는다. 대나무로 된 모자방갓뿐 아니라 말갈기나 소털로 된 모자갓를 쓴다. 양말버선이나 신발도 신는다.

27. 쌀이나 다른 곡물을 많이 생산하는가?

남쪽 지역은 비가 풍부한 해에 쌀과 여러 곡물들이 풍족하게 자란다. 조선의 작물들은 비에 영향을 많이 받기 때문이다. 비가 오지 않는 해에는 엄청난 기근이 든다. 1660년, 1661년, 1662년 가뭄에는 수천 명의 사람들이 죽었다. 면화도 많이 자란다. 추운 북쪽 지역에서는 쌀을 재배할 수 없기 때문에 보리와 기장으로 대신해야 한다.

28. 말과 소는 많은가?

말이 많다. 소는 최근 2~3년 동안 전염병이 돌아 많이 죽었다. 전염병은 지금도 돌고 있다.

29. 조선과 교역을 위해 오는 다른 국가가 있는가? 혹은 조선이 교역을 하는 나라가 있는가?

이 나라(일본) 말고는 어느 나라와도 교역을 하지 않는데 조선에는 일본 교역소가 있다. 조선은 중국의 북부 그리고 북경과 교역을 한다.

30. 일본 교역소에 가 본 적 있는가?

우리에게 그런 일은 절대 금지되었다.

31. 조선인들끼리는 어떻게 거래하는가?

수도에서 상류층들은 은으로 많이 거래한다. 일반인들과 지방에 사는 사람들은 그 가치를 따져서 아마포나 쌀, 다른 곡물들로 거래한다.

32. 중국과는 무엇을 교역하는가?

조선인들은 인삼, 은 같은 물건을 중국에 가져가고, 그 대가로 비단이나 우리가 일본에 가지고 오는 것과 같은 물건들을 얻는다.

33. 은광이나 다른 광산이 있는가?

몇 년 전 조선에서는 몇몇 은광을 개발했고, 왕이 거기에서 나는 1/4을 가져간다. 다른 광산에 대해서는 들어 본 적이 없다.

34. 인삼 뿌리는 어떻게 캐는가? 조선인들은 그것으로 무엇을 하며 어디에 수출하는가?

인삼은 북부 지역에서 나오며, 조선인들은 인삼을 약으로 쓴다. 매년 조공으로 만주에 보내거나 상인들이 중국이나 일본에 수출하기도 한다.

35. 중국과 조선이 육로로 연결되어 있는지에 대해 들은 적이 있는가?

우리가 들은 바로 중국과 조선 사이 육로에는 높은 산이 있다고 들었다. 겨울에는 추위 때문에, 여름에는 맹수 때문에 산을 넘는 일이 위험하다. 그래서 사람들은 주로 바다로 다니고 겨울에는 얼음 위를 걸어 다니는데 이것이 더 확실하다.

36. 조선에서 관료들은 어떻게 임명되는가?

모든 지방의 관료관찰사들은 매년 교체되고 일반 행정직들은 3년마다 교체된다.

37. 전라도에서는 얼마나 함께 살았는가? 음식과 의복은 어떻게 구했는가? 당신들의 동료들은 얼마나 그곳에서 죽었

는가?

병영 고을에서 약 7년간 함께 살았다. 조선 조정에서 매달 쌀 50캐티[30kg]를 주었다. 옷과 반찬은 마음씨 좋은 사람들에게서 우리 힘으로 얻어야 했다. 그 기간에 11명이 죽었다.

38. 왜 다른 곳으로 보내졌으며, 그 지역의 이름은 무엇인가?

1660년과 1661년, 1662년, 이 3년 동안 비가 오지 않아 우리에게 식량을 제공할 수 있는 고을이 한 곳도 없었다. 1662년에 왕은 우리를 세 마을로 나누어 보냈다. 12명은 **여수**로, 5명은 **순천**으로, 5명은 **남원**으로 보냈는데, 모두 **전라도**에 속한 고을이다.

39. 전라도는 얼마나 크고, 어디에 위치해 있나?

조선의 남부에 있는 도이며 고을이 52개 있다. 조선에서 인구가 가장 밀집된 곳이고, 식량 생산량도 많다.

40. 왕이 당신들을 보내 준 것인가, 당신들이 탈출한 것인가?

왕이 우리를 보내 주지 않으리라는 것을 잘 알고 있었다. 우리 8명은 달아날 수 있는 기회가 있으면 탈출하기로 결정했다. 그 이교도의 나라에서 근심 속에서 사느니 차라리 죽는 게 낫다고 판단했다.

41. 그때까지 살아 있는 사람은 얼마나 되었나? 당신들의 탈출을 동료들에게 알렸는가?

16명이 살아 있었다. 우리 8명은 다른 동료들에게 사전에 말하지 않고 탈출했다.

42. 왜 그들에게 말하지 않았는가?

다 함께 올 수 없었기 때문이다. 매월 1일과 15일, 우리 중 일부는 마을 행정관에게 가야 했고, 교대로 외출 허가를 받았기 때문이다.

43. 나머지 사람들은 어떻게 여기로 올 수 있을까?

황제[쇼군]*가 조선의 왕에게 서신을 보내면 동료들이 오게 될지도 모른다. 황제는 난파한 조선 배의 선원들을 매년 조선으로 돌려보내기 때문에 조선 왕은 감히 그 제안을 거절하지 못할 것이다.

44. 탈출을 시도한 적이 있는가, 왜 두 번 실패했는가?

이번이 세 번째 탈출 시도였다. 처음 두 번은 실패했다. 첫

---

*천황 권력이 유명무실했던 막부 시기에 일본의 실제 통수권자였던 쇼군을 원서에서는 emperor로 쓰면서 혼란을 피하기 위해 쇼군을 병기하고 있다.

번째는 퀠파르트섬에서 시도했는데 그들 배의 구조를 잘 몰랐고 돛대가 두 번이나 부러졌기 때문이었다. 두 번째는 도성에서 만주 사절단을 상대로 시도했는데, 왕이 사절단에게 뇌물을 주어 무마시켰다.

45. 왕에게 보내 달라고 요청한 적은 없었나? 그리고 왜 왕은 요청을 거절했나?

종종 왕이나 조정 관료들에게 요청을 해 보았으나, 그들은 언제나 다른 나라에 그들의 나라가 알려지는 것을 싫어했기에, 외국인을 나라 밖으로 보내지 않는다고만 대답했다.

46. 배는 어떻게 구했나?

배를 사기 위해 물품들을 모아 두었다.

47. 이 배 말고 다른 배가 있나?

이 배가 세 번째 배다. 하지만 다른 배들은 일본으로 탈출하기에는 너무 작았다.

48. 어디에서 탈출하였는가? 그곳에서 살았는가?

우리 중 다섯 명은 **여수(좌수영)**에서 살다 탈출했고, 세 명은 순천에서 살다 탈출했다.

49. 여기서 얼마나 먼가? 오는 데 얼마나 걸렸나?

우리 추측으로 나가사키로부터 여수는 50마일^{300km} 정도이다. 고토에 도착하는데 사흘 걸렸다. 고토에서 나흘 머물렀고 고토에서 이곳까지 오는 데 이틀 걸렸다. 모두 아흐레다.

50. 왜 고토에 갔는가? 일본인들이 접근했을 때 왜 도망치려 했는가?

폭풍우를 피해 어쩔 수 없이 머물렀다. 날씨가 좋아지면 나가사키로 계속해서 항해하려 했다.

51. 고토 사람들은 예의 바르게 행동했는가? 당신들을 어떻게 대했는가? 당신들에게 무언가를 요구하거나 가져갔는가?

고토 사람들은 우리 중 2명을 해안으로 데려갔다. 그들은 우리에게 뭔가를 요구하거나 받아가는 것 없이 그저 친절했다.

52. 당신들 중에 일본에 와 본 사람이 있나? 어떻게 길을 알았나?

아무도 와 본 적 없다. 나가사키에 와 봤던 몇몇 조선인들이 방향을 알려 주었다. 그리고 항해사가 말해 주었던 항로가 기억에 남아 있었다.

53. 아직 조선에 남아 있는 동료들의 이름과 나이, 항해 시의 임무 그리고 현재 살고 있는 거주지를 말하라.

남원에 살고 있는 이들
요하니스 람펜, 보조,	36세
핸드릭 코르넬리선, 2등 갑판장,	37세
얀 클라전, 요리사,	49세

여수에 살고 있는 이들
야콥 얀서, 갑판수,	47세
안토네이 윌디르크선, 포수,	32세
클라스 아렌츠전, 선상 심부름꾼	27세

(순천에 살고 있는 이들, 원고에는 없음)
산더르 부스퀴엇, 포수,	41세
얀 얀서 스펠트, 하급 갑판장,	35세

54. 당신들의 이름과 나이, 항해 시 임무를 말하라.

헨드릭 하멜, 서기,	36세
호버르트 데네이선, 갑판수,	47세
마퇴스 에이보컨, 부선의,	32세

얀 피테르전, 포수,   36세

헤르릿 얀선, 포수,   32세

코르넬리스 디르크서, 하급 갑판장,   31세

베네딕튀스 클레르크, 선상 심부름꾼,   27세

데네이스 호베르츠전, 선상 심부름꾼,   25세

이상의 질문과 대답은 1666년 9월 14일에 이루어짐.

조선 왕국에 대한 기술

지리적 위치

우리가 코레아라고 부르는 나라의 주민들은 자기 나라를 조선국이라고 부른다. 북위 34.5도에서 44도에 걸쳐 위치하고 있으며, 남쪽에서 북쪽까지 약 140~150마일실제 길이는 1100㎞, 동쪽에서 서쪽까지 약 70~75마일실제 길이는 200~320㎞이다. 조선의 지도 제작자들은 조선을 마치 카드처럼 긴 직사각형으로 그리지만 몇 군데 바다 쪽으로 튀어나온 지점이 있다.

조선은 8도로 나뉘고, 거기에는 360개의 고을뿐 아니라 수많은 요새와 성이 있는데 요새와 성의 일부는 산속에 있기도 하고 해안을 따라 위치하기도 한다. 해안선을 모르는 사람이 배로 조선에 접근하는 일은 매우 위험하다. 암초와 갯벌이 많아 안전하게 다가갈 수 없기 때문이다.

조선은 인구 밀도가 높다.[1] 그리고 순조로운 해에는 남쪽 지방에서 쌀과 곡식, 면화가 풍부하게 자라기 때문에 모든 백성들에게 충분히 공급된다. 남동쪽으로는 일본과 인접해 있다. 부산과 오사카[2]는 겨우 25~26마일(145~150km) 거리이다. 부산과 오사카 해협에는 쓰시마섬이 있는데 조선 사람들은 이를 대마도라고 부른다. 조선 사람들에 의하면 이 섬은 조선 땅이었지만 일본과의 전쟁에서 퀠파르트(제주도)와 바꾸는 것으로 협정을 맺었다고 한다.

서쪽으로는 남경난징만을 사이에 두고 중국과 분리되어 있다. 북쪽으로는 아주 높은 산을 두고 중국의 최북단 지방과 연결되어 있으므로 완전히 섬은 아니다.[3]

어업

조선의 북동쪽으로는 광대한 바다가 펼쳐져 있다. 이 바다에서는 네덜란드 작살뿐 아니라 다른 여러 나라의 작살이 깊숙하게 박힌 고래들을 매년 볼 수 있다.[4] 12월에서 3월까지는 청어가 많이 잡힌다. 12월과 1월에 잡히는 청어는 우리가 북해에서 잡는 것과 같은 종류다. 그 후에는 우리 나라에서 잡히는 튀김용 청어처럼 작은 종류가 잡힌다.[5] 따라서 바에이하트에서[6] 조선과 일본으로 가는 물길이 존재하는 게 틀림없다. 북동쪽 바다를 항해하는 동안 조선인 항해사에게 그 바다에 섬이 있느냐고 가끔 물었는데 그들은 그쪽 방향으로는 망망대해일 뿐 아무것도 없다고 대답했다.

기후와 농업

조선에서 중국으로 가려는 사람들은 거의 항상 배를 타고 만의 가장 좁은 부분으로 이동한다. 겨울에 산은 혹독하게 춥고 여름에는 야생 동물로 위험하기 때문에 육로보다는 해상을 선호하는 것이다. 겨울에 가끔 강이 얼기도 해 사람들은 얼음 위를 걸어 쉽게 이동하기도 한다. 1662년에 산속 사원에서 겪었던 것처럼 조선의 겨울은 얼음이 얼 정도로 춥고 눈이 많이 내린다. 집과 나무들이 눈에 파묻히기 때문에 이 집에서 저 집으로 가려면 굴을 파기도 한다. 조선 사람들은 산을 오르내릴 때 눈 속에 파묻히지 않기 위해 발에 작은 나무판자를 댄다.

북쪽 지역에는 쌀이 자라지 않기 때문에 그곳 사람들은 보리와 기장을 먹고산다. 면화 역시 자라지 않아 남쪽 지역에서 들여와야 한다. 북쪽 지역의 주민들은 제대로 먹지 못하고 삼이나 아마, 가죽 등으로 근근이 옷을 해 입는다. 그런데 이 지역에서는 인삼이 자란다.[7] 인삼 뿌리는 중국으로 보내는 조공으로 쓰이고, 상당량이 중국과 일본으로 수출된다.

군주제 [8]

조선의 왕은 비록 타타르[9]의 봉신이기는 하나 조선의 국왕이다. 그는 조정 신료들에게 복종하지 않고 절대 권력을 행사한다. 조선에는 고을이나 마을, 섬을 소유하는 봉건 영주는 없다. 그러나 양반들은 땅이나 노비들에게서 수입을 거두어 간다. 양반들 중에는 2천~3천 명의 노비를 가진 자도 있다. 양반들 중에는 왕으로부터 섬이나 땅을 지급받는 이도 있지만 그들이 죽으면 권리는 왕에게 귀속된다.

군대 병영

국가 방위를 위해 도성에는 보병뿐 아니라 기병까지 수천의 군사가 있다. 군대는 왕의 지원을 받아 유지된다. 그들의 임무는 궁을 보호하고 왕이 이동할 때 왕을 경호하는 일이다.

각 도에서는 7년에 한 번씩 돌아가면서 궁을 보호하기 위해 양민을 도성으로 보내야 한다. 각 도에는 장군general, 도원수 또는 절도사에 해당 한 명이 있고, 장군은 서너 명의 대령colonel을 거느린다. 각 대령 밑에는 여러 명의 대위captain가 있고, 그 대위는 한 고을을 통솔한다.

도시의 각 구역에는 상사sergeant, 절제사 또는 방어사에 해당가 한 명 있고, 모든 마을에는 하사corporal가 한 명 있다. 열 명으로 된 병사 집단에는 한 명의 준사관이 있다. 모든 준사관officer과 부사관noncomissioned officer은 수하에 있는 병사들의 명부를 기록해 상관에게 제출해야 한다. 그래야 왕이 얼마나 많은 병사를 소집할 수 있는지 항시 정확하게 알 수 있다.*

기병들은 갑옷과 투구로 무장한다. 무기로 칼, 활과 화살, 끝이 뾰족한 철로 된 도리깨 같은 것을 드는데, 이것은 네덜란드에서 곡식을 타작할 때 쓰는 것과 비슷하게 생겼다. 어떤 병사들은 철판과 뿔이 달린 투구와 갑옷을 입는다. 그들은 머스킷 총과 칼, 단창10)으로 무장한다. 대장들은 활과 화살로 무장한다. 모든 병사들은 자비로 산 화약과 총탄 50발을 항상 가지고 다녀야 한다. [우리가 서울에서 군 복무를 할 때 한 번은 화약을 충분히 가지고 있지 않았다는 이유로 볼기 5대를 맞은 적이 있다.(스티흐터르 판)]

모든 고을에서는 주변 사찰의 승려들을 차례로 지명해 승려들 자비로 산속에 있는 요새나 성을 관리하도록 해야 한다. 필요할 경우 이 승려들은 병사승군가 되기도 한다. 승려들은 칼과 활, 화살로 무장하는데, 그들은 조선 최고의 병사로 간주되며11) 그들과 같은 신분에서 선출된 대위의 명령을 받는다. 그들은

---

*일반적으로 군편제는 고대나 지금이나 직위가 사다리처럼 위계화되어 있지만, 조선 시대에는 최고 명령자가 한 사람이 아니었다. 각자 직위를 가진 자마다 군대를 가지고 있었고, 직위는 달라도 관직의 품계가 서로 같으면 각자 명령을 내리는 구조였다. 사령관을 도원수 또는 절도사에 해당한다고 표기했지만, 방어사가 도원수의 관직 품계와 같다면 방어사라고 해도 도원수와 같은 권한이 있었던 셈이다. 이처럼 당시 조선군 체제에 해당하는 직위와 원어의 의미가 다른 관계로 이 부분에서는 오늘날 군체제에 맞춰 번역했다.

조선 왕국에 대한 기술 81

명부에도 등록되는데, 이는 병사, 준사관, 일꾼, 승려 등 조선을 위해 봉사할 수 있는 양민의 수를 왕이 늘 알 수 있게 하기 위해서다. 나이가 60세에 이르면 군 복무가 만료되고, 그 자리를 그들의 아들이 대신하게 된다.

군 복무를 하지 않거나 군 복무에서 면제된 양반들은 노비들과 함께 세금을 내기만 하면 된다. 세금을 내기만 하는 이들은 인구의 절반 이상에 이르렀는데, 만약 양민이 여자 노비에게서 자식을 얻거나 노비가 양민 여자에게서 자식을 얻으면 그 자손들은 모두 노비가 되기 때문이다. 부모 양쪽이 모두 노비일 경우 그 자식은 모계 주인의 재산이 된다.

수군

모든 마을은 전쟁선과 선원, 탄환과 기타 여러 장비들을 갖추고 있어야 한다. 이 전쟁선은 이중 갑판에 20~24개의 노가 있다. 각 노에는 노 젓는 선원이 5~6명 앉게 된다. 그래서 모든 선원은 병사와 노 젓는 선원을 합하여 200~300명으로 구성된다. 전쟁선은 셀 수 없이 많은 작은 부품들과 다량의 화기를 갖추고 있다.

각 지방에는 수군 대장admiral, 수군절도사이 있어 전쟁선의 수군을 훈련시키고, 매년 이들을 면밀하게 살핀다. 그는 자신이 알아낸 것을 수군 총사령관수군통제사에게 보고하는데, 수군 총사령관은 경우에 따라 개인적으로 수군의 훈련을 열병하기도 한다. 수군 대장이나 지휘관이 임무 수행 중에 조그만 결점이라도 저지른 것이 확인되면 범죄자는 1666년에 우리 좌수사가 그랬던 것처럼 유배 또는 파면당하거나 사형에 처해진다.

정부

지위가 높고 낮은 관리들로 구성된 어전 회의는 왕의 자문 기관이다. 그들은 매일 궁에 모여 왕에게 모든 사건들을 보고한다. 그들은 왕에게 뭔가를 강요할 수는 없지만 말과 행동으로 왕을 보좌한다. 그들은 왕을 제외하고는 조선에서 가장 두드러진 인재들이며 과오를 저지르지 않는 한 80세가 될 때까지 어전 회의의 일원으로 남을 수 있다. 강등되지 않는다면 이 원칙은 모든 조정 관리들에게 적용된다.

지방 관찰사의 임기는 1년이다. 그 외에 높고 낮은 지위의 공직자들의 임기는 3년이지만, 많은 이들이 비위非違를 저질러 임기가 끝나기 전에 자리에서 물러난다. 왕은 관리들에 관한 모든 정보를 얻기 위해 전국 곳곳에 첩자를 둔다. 그래서 많은 공직자들이 사형이나 종신 유형에 처해질 위험을 안고 있다.

세입

왕과 지주*, 고을과 마을의 세입에 대해 언급하자면, 왕은 농산물과 수산물을 징수하여 수입을 얻는다. 왕은 모든 고을이나 마을에 농작물이나 세입을 저장하는 창고를 두고 있다. 왕은 백성들에게 10%의 이율로 곡식을 빌려주고, 다시 농작물을 수확할 때 거두어들인다. 지주들은 자신의 수입으로 살아가며, 왕을 모시는 양반들은 왕에게서 받는 봉급녹봉으로 생활한다. 지방 관리들은 시골이나 고을의 집 짓는 땅에 세금을 부과하는데, 부과 수준은 토지 면적에 따라 다르다. 토지 세금으로 얻은 수입은 행정 관직이나 관찰사에게 지급되고, 지방을 유지하고 관리하는 데도 쓰인다.

군 복무를 완수하지 않은 사람은 그 대신 매년 3개월간 부역을 해야 하는데, 이때 국토 유지를 위해 필요한 온갖 임무를 수행하게 된다.

고을과 마을에 있는 기병과 보병들은 국가에 고용된 기병과 보병들을 위해 매년 아마 세 필이나 이에 상당한 은을 내야 한다. 이외의 세금이나 의무는 조선에 없다.

형법

왕이나 국가에 대한 대역죄와 중범죄는 아주 엄하게 처벌한

---

*중종실록에는 농지를 가진 자는 부유한 상인과 양반 사족뿐이라는 내용이 언급되어 있다.

다. 죄인의 가족은 모두 파멸된다. 죄인의 집은 주춧돌까지 헐어서 그 자리에 다시는 집을 지을 수 없도록 한다. 모든 세간과 노비들은 몰수되어 나라에 귀속시키든지 다른 사람에게 양도된다.

왕이 내린 선고에 복종하지 않고 트집을 잡으면 처형된다. 우리가 조선에 있을 때 이런 일이 있었다. 왕의 형수가 바느질에 아주 능해서, 왕은 형수에게 자신이 입을 관복을 만들라고 명했다. 이 여인은 왕을 경멸하고 있었던 터라 관복의 안감에 주술적 효력이 있는 약초를 넣고 바느질을 했다. 왕은 그 관복을 입을 때마다 불안해서 견딜 수가 없었다. 왕은 관복의 안감을 뜯고 조사해 보라고 명령했다. 그리하여 옷 속에 숨겨져 있던 사악한 물건이 발견되었다. 왕은 바닥이 구리로 된 방에 여인을 감금하고 방에 불을 지펴 여인을 죽였다.* 당시 지위가 높은 양반이었던 데다 조정에서 존경을 한 몸에 받고 있던 이 여인의 지인 한 사람이 이에 항의했다. 신분이 높은 여인을 다른 방법으로 벌할 수도 있었다고 왕에게 상소문을 올린 것이다. 왕은 상소문을 올린 이를 소환했다. 그는 하루에 정강이 120대를 맞고 참수형에 처해졌다. 그의 모든 재산과 노비들

---

*하멜이 표류하기 전인 1646년에 있었던 강빈옥사이다. 실제로 소현세자빈인 강씨는 사약을 받고 죽었다. 인조의 장남이자 세자였던 소현세자가 청나라에 9년간 볼모로 잡혀 있다가 귀국했으나 곧 죽자, 인조는 세손을 세자로 책봉하는 원칙을 어기고 훗날의 효종이 된 차남을 세자로 책봉했다. 이 과정에서 소현세자빈과 그녀의 친정이 화를 입었으며, 두 명의 세손도 의문의 죽음을 맞았다.

은 몰수당했다.* 이런 범죄와 이후에 언급될 다른 범죄들은 개인적인 범죄로 간주된다. 그래서 범죄자의 가족들은 대역죄의 경우와 달리 함께 처벌되지 않는다.

남편을 죽인 여자는 많은 사람들이 지나다니는 큰길가에 어깨까지 파묻는다. 여자 옆에는 나무로 만든 톱을 두어 양반을 제외한 모든 행인들은 그녀가 죽을 때까지 머리를 한 번씩 톱질해야 한다. 살인 사건이 일어난 고을은 몇 년 동안 자체 지휘관을 둘 자격을 잃게 된다. 그 기간 동안 그 고을은 인근 고을의 지휘관이나 양반의 통치를 받는다. 자신의 지역 행정관에 대해 불만을 제기했는데 그 행정관의 무고함이 밝혀질 경우, 불만을 제기한 자 또한 같은 처벌을 받게 된다. 아내를 죽인 남자는 아내의 간통 같은 정당한 이유가 있었음을 증명하면 석방된다. 여자 노비를 살해한 남자는 죽인 여자 노비 몸값의 3배에 해당하는 돈을 주인에게 물어 주어야 한다. 주인을 죽인 노비는 고문해서 죽여 버린다. 주인은 사소한 잘못으로도 노비를 죽일 수 있다. 살인자들은 처음 몇 차례 발바닥을 채찍질당한 다음, 자신이 살해한 방식대로 죽임을 당한다. 살인죄를 저지른 사람들은 다음과 같은 처벌을 받는다. 식초와 악취 나는 더러운 물로 희생자의 몸을 씻은 다음, 그 물을 섞

---

*효종 즉위 5년인 1654년에 황해 감사였던 김홍욱이 강빈의 억울함을 호소하는 한편, 소현세자의 셋째 아들의 석방을 요청한 일이다. 강빈의 무죄는 효종의 왕권의 정통성과 관련된 일이었기에 김홍욱은 죽음을 맞았다.

어서 깔때기로 살인자의 입에 들이붓는다. 그리고 배가 불룩해지도록 그 물을 먹인 다음 부풀어 오른 배를 터질 때까지 때린다.

절도범과 강도는 혹독하게 처벌받지만, 그럼에도 여전히 절도는 성행하고 있다. 절도범들은 일반적으로 발바닥을 때려 천천히 죽어 가도록 한다. 간통을 하거나 기혼 부인을 납치한 자는 그 여인과 함께 석회를 온 얼굴에 바르고 때로는 발가벗긴 채로, 혹은 얇은 속옷만 걸친 채로 온 고을을 끌려 다닌다. 그리고 화살 하나로 두 사람의 귀를 꿰찌른다. 형리가 그들의 등에 작은 북을 묶어 두드리며 "이들은 간통한 자들이다!"라고 소리친다. 그렇게 온 고을을 끌려 다닌 후 그들은 엉덩이를 50~60대 맞는다.

왕에게 세금을 제때 못 낸 자는 한 달에 두세 차례 정강이뼈를 맞는데, 밀린 세금을 모두 낼 때까지 맞으며, 내지 못할 경우 죽는다. 그가 죽고 나면 친척들이 체납된 세금을 내야 하기 때문에 이 나라 왕은 받아야 할 세금을 못 받는 일이 절대 없다.

일반적인 처벌의 방식은 바지를 벗겨 엉덩이를 매질하거나 종아리를 매질하는 것인데 사람들은 이것을 부끄럽게 여기지 않는다. 아주 사소한 말로도 그런 처벌을 받을 수 있기 때문이다.

보통의 행정관이라면 지방 관찰사의 동의 없이는 누구에게도 사형을 선고할 수 없다. 또 나라에 관련된 범죄는 왕에게

고하지 않고 공소하는 법이 없다.

정강이를 때릴 때는 다음과 같이 한다. 두 다리를 묶은 죄인을 의자에 앉힌다. 대략 한 뼘 넓이의 띠 두 개로 발 위와 무릎 아래를 묶고, 그 사이를 떡갈나무나 물푸레나무로 만든 몽둥이로 때린다. 팔 길이 정도 되는 몽둥이의 앞부분은 손가락 두 개 너비에, 크라운 은화 정도의 두께이고 뒷부분은 둥글다. 30대 이상 때린 후에는 죄인이 쉴 수 있도록 서너 시간을 준다. 그 후 다시 형벌이 시작되는데, 거의 다 죽을 때까지 처벌이 계속된다. 처음부터 죄인을 죽일 의도라면 3~4피트^{90~120cm} 길이에 팔뚝 굵기의 더 무거운 몽둥이로 무릎 바로 아래를 때린다.

발바닥을 때리는 형벌은 다음과 같이 이루어진다. 죄인을 땅에 앉히고 엄지발가락 두 개를 묶는다. 그리고 허벅지 사이에 나무 조각을 넣은 다음 팔뚝 굵기의 둥근 몽둥이로 판관이 만족할 만큼 발바닥을 때린다. 모든 죄인들은 이런 식으로 형벌을 받는다.

엉덩이를 때리는 형벌은 다음과 같이 행해진다. 죄인은 반드시 바지를 내리고 바닥에 엎드리거나 혹은 긴 틀^{형틀}에 묶여 몸을 구부려야 한다. 도덕적인 사항을 고려하여 여자들은 짧은 바지^{속옷}를 입을 수 있는데 때리기 좋도록 바지는 물에 적신다. 그리고 윗부분은 한 뼘 정도 너비에 둥글고, 새끼손가락 정도의 두께에 길이는 4~5피트^{120~150cm} 정도의 납작한 몽둥이로 때린다. 100대를 맞으면 죄인은 사망하고 만다. 남자나 여자를 작은 의자 위에 세워 놓고 손가락 굵기에 2~3피트$^{60~90cm}$ 길이의 회초리 묶음으로 때리기도 한다. 이때 옆에서 보고 있는 사람들이 어찌나 울부짖는지, 그 소리를 듣고 있으면 맞는 것을 보는 것보다 더 겁에 질리게 된다. 아이들은 더 작은 회초리로 종아리를 맞는다. 이외에 다른 형벌들도 있지만 여기서 그것들을 모두 언급하면 너무 길어질 것이다.

종교

종교와 사찰 그리고 종교적인 모임에 관해 이야기하자면, 일반 사람들은 주술적 의식을 통해 우상을 숭배하기도 하지만 수많은 신보다 공직에 있는 사람들을 더 숭배한다. 하지만 정작 지위가 높은 사람들과 귀족들은 우상을 숭배하지 않는다. 그들은 우상보다 자신이 더 고매하다고 여기는 것 같다.

지위가 높든 낮든 사람이 죽으면 승려들이 고인의 가족과 친구들이 있는 곳에 와서 고인을 위해 염불을 하고 봉헌한다. 지위가 높은 사람이 죽으면 30~40마일$^{180~230km}$ 거리도 멀다 않고 친척들과 친구들이 와서 고인을 추모하는 장례식에 참석한다.

축일이면 농부든 일반인이든 모두가 와서 우상을 기린다. 그들은 조각상 앞에 번제의 제물로 작은 단지^{향로}에 향기 나는 나무 막대를 태운다. 그리고 절을 한 뒤 물러난다. 조선 사람들은 사후에 착한 일을 행한 사람들은 보상을 받고, 악한 일을 행한 사람들은 벌을 받을 것이라고 말한다.

설교나 교리 문답은 조선인들에게 알려져 있지 않았으며, 자신의 신앙을 상대에게 가르치지도 않는다. 각자의 신앙을 가지고 서로 논쟁하는 일도 없다. 조선 어디에서든 우상은 같은 방식으로 숭배된다.

승려는 하루에 두 번 불상 앞에서 예불을 올리며 공물을 바친다. 축일이 되면 많은 사람들이 사찰을 찾는다. 승려들은 징을 치고 북을 두드리고 다른 악기도 연주하면서 염불을 왼다.

조선에는 사찰과 사원이 많은데 모두 경치 좋은 산속에 자리하고 있다. 각각의 사찰은 해당 고을의 관할 아래 있다. 어떤 사원에는 500~600명의 승려들이 살고 있으며, 어떤 고을은 3천~4천 명의 승려들을 관할하기도 한다. 10~20명 또는 30명의 승려들이 함께 사는데, 때로는 그 이상일 때도 있고 그 이하일 때도 있다. 각 거처에서는 가장 연장자인 승려가 나머지 승려들을 이끈다. 승려 하나가 잘못을 저지르면 연장자가 볼기를 20~30대 치도록 할 수 있다. 하지만 심각한 범죄를 저지른 승려는 관할 지방 행정관에게 인도된다. 교리를 잘 익히기만 하면 승려가 될 수 있기 때문에 승려는 부족하지 않다. 승려가 되려는 사람은 누구든 승려가 될 수 있고, 승려가 맞지 않으면 그만두면 된다. 이 나라에서 승려는 그다지 존경받는 대상이 아니다. 승려들은 공물을 많이 바쳐야 할 뿐 아니라, 의무적으로 해야 할 천한 노역이 있기 때문에 국가 노비 정도로 취급된다.

하지만 신분이 높은 승려들은 아주 존경받는데, 그것은 주로 학식이 높기 때문이다. 신분 높은 승려들은 국가의 학자 집단으로 인정되며 국왕의 승려국사(國師)로 간주된다. 그들은 옥새를 가지고 다니며, 사원을 방문할 때 지방 행정관의 권리를 행사한다. 또 말을 타고 다니며 사람들의 환대를 받는다.

승려들은 육류나 살아 있는 것에서 얻은 것을 먹으면 안 된다. 계란도 먹지 않는다. 머리카락과 수염은 깨끗하게 깎고 여자들과 이야기를 나누어서는 안 된다. 이 규칙을 어긴 자는 엉덩이를 70~80대 맞고 사원에서 쫓겨난다. 젊은 승려들이 사원에 들어오면 체발을 한 후 한쪽 팔에 낙인을 받는다.[12] 그렇게 해서 사람들은 그들이 승려였다는 사실을 알 수 있다. 보통 승려들은 노동이나 장사, 혹은 구걸로 먹을 것을 얻어야 한다.

모든 사원에서 승려들이 많은 소년들에게 글을 읽고 쓰는 법을 열심히 가르치는 것을 볼 수 있다. 이 소년들이 머리를 깎게 되면 그들은 글을 가르쳐 준 스승들의 종이 된다. 소년들이 자유의 몸이 될 때까지 그들이 번 모든 것은 스승의 소유가 된다. 이 스승이 죽으면 소년은 스승의 상속자가 되어 상복을 입는다. 자유의 몸이 된 소년은 아버지가 자식에게 한 것처럼 자신을 길러 주고 가르쳐 준 승려에 대한 고마움으로 상을 치른다.

승려처럼 우상에 대해 헌신하고 고기를 먹지 않는 사람들이 있지만, 머리를 깎지 않고 결혼도 할 수 있다.[13]

사원과 사찰은 부유한 명사들뿐 아니라 일반인들에게서 거둔 기부금으로 지어지는데 모두 자신의 능력껏 기부한다. 승려들은 일을 하고 그 대가로, 사원에 대한 관할권이 있는 지역 행정관에 의해 임명된 담당 승려에게서 음식과 약간의 돈을 받는다.

많은 승려들이 아주 옛날에는 모든 사람들이 같은 언어를 사용했지만, 사람들이 하늘로 올라가기 위해 탑을 짓자 온 세상이 변했다고 믿는다.

귀족들은 종종 기생들이나 다른 동료들과 놀기 위해 사원을 찾기도 한다. 사원들이 경치 좋은 산속에 자리 잡고 있기 때문이다. 사원은 조선에서 최고의 건물로 여겨지지만, 사찰이라기보다는 매음굴이나 술집으로 간주되는 게 분명하다. 보통 사원에서 승려들이 술을 마시기도 한다는 사실을 알고 있어야 할 것이다.

도성에서 살 때 근처에 여승이 기거하는 절이 두 군데 있었다. 하나는 귀족 여인을 위한 절이었고, 하나는 평민 여인들을 위한 절이었다. 그들도 남자 승려들처럼 머리를 깎고 음식을 먹고 예불을 올리며, 왕이나 양반들이 주는 돈으로 살고 있었다. 4, 5년 전에 현재의 국왕[14]이 두 절을 모두 폐쇄하고 여승

들이 혼인할 수 있도록 허가했다.[15]

가옥

 가옥과 가구에 대해 이야기해 보겠다. 부자들은 훌륭한 집에서 살지만 일반인들은 초라한 거처에서 살아야 한다. 자기 집을 개량하는 것은 허용되지 않는다. 지방 행정관의 동의 없이는 기와로 지붕을 덮을 수 없다. 대부분의 집들은 널을 이거나 갈대나 볏짚으로 초가를 얹는다. 마당은 담이나 울타리로 다른 집 마당과 구분된다. 가옥들은 나무 기둥으로 세운다. 벽의 하단 부분은 돌로 만든 후 그 위로 작은 목재들을 엇갈리게 묶은 다음 안팎으로 진흙과 모래를 바른다. 벽 안쪽은 하얀 종이를 바른다. 겨울에는 매일 바닥 아래 불을 지펴 방을 따뜻하게 해 두는데 방이라기보다는 오븐 같다.[15a] 바닥에는 기름종이를 바른다. 가옥들은 단층 구조인데 위에 작은 다락을 두어 자질구레한 물건들을 넣어 둘 수도 있다.

 귀족들은 집 전면에 항상 별채를 두어 친척이나 친구들을 맞이하는데, 때로 그 손님들은 밤새 머물기도 한다. 그들은 이 별채를 휴식처로 이용하기도 한다. 대체로 이 공간에서는 수많은 꽃과 희귀한 식물, 나무, 바위로 꾸민 연못과 정원이 딸린 커다란 안뜰을 조망할 수 있다. 여인들은 집의 뒤채에서 생활하는데, 이것은 행인들이 여인들을 볼 수 없도록 하기 위해서이다.

장사꾼들과 명망가들은 집 옆에 창고형 공간을 두고 그곳에서 물건을 저장하거나 업무를 보거나 친척들을 접대한다. 친척들을 접대할 때는 담배와 술로 한다. 기혼 여성은 누구든 자유롭게 방문할 수 있지만 잔치에서는 남편 반대편에 여자들끼리 앉는다.

일반적으로 집안에는 가구가 많이 없고 일상 용품만 갖춰 놓는다. 술집이나 유희를 즐기기 위한 집이 많은데, 그곳에서 남자들은 기생들의 춤과 노래, 악기 연주를 즐긴다. 여름에 이곳 사람들은 산으로 가 휴식을 취한다.

여행과 접대

여행자들이 하룻밤을 묵을 수 있는 여관은 없다. 밤이 다가오면 길을 가던 여행자들은 귀족들 집이 아니라면 어느 집이든 안뜰에 들어가 자기가 먹을 만큼의 쌀을 내놓고, 집주인은 그 쌀로 즉시 밥을 해서 반찬과 함께 여행자를 대접한다. 많은 마을에서 사람들은 불평 없이 번갈아 가며 여행자들을 맞는다.[16]

서울로 가는 큰길에는 여행자든, 관리든, 일반인이든 누구나 하룻밤 묵을 수 있는 진짜 숙박지가 있다. 귀족 혹은 시골에서 길을 떠나온 여행자 들은 그 지역 행정관포도부장의 집에서 하룻밤 묵을 수 있는데, 그곳에서 음식 대접도 받는다.

결혼

4촌 이내의 친척과는 결혼이 허락되지 않는다. 연애를 할 수가 없고, 아이들이 겨우 8세, 10세, 12세일 때 그 부모들이 서로 약혼을 시킨다. 일반적으로 소녀들은 부모에게 아들이 없는 경우가 아니라면 소년의 부모 집으로 가서 산다. 거기에서 어떻게 집안을 꾸리고 생계를 이어 갈 수 있는지 배울 때까지 살게 된다. 결혼 전에 신랑은 친척들과 친구들을 대동하고 고을을 돈다. 신부는 부모와 가족을 대동하고 신랑의 집으로 간다. 그곳에서 더 이상의 의식 없이 결혼식이 거행된다.

남자는 이미 자식 몇 명을 낳은 아내라고 해도 내보내고 다른 아내를 취할 수 있다. 여자에게는 법이 허용하는 경우가 아니고서는 그런 특권이 없다. 남자는 부양하고 먹일 수만 있다면 얼마든지 아내를 취할 수 있다. 원한다면 매음굴에도 갈 수 있는데 이 일로 비난받지 않는다. 오직 한 사람의 아내정실만 그의 집에 살면서 집안을 꾸릴 수 있고, 다른 아내소실들은 다른 집에서 따로 산다. 일반적으로 귀족들은 자기 집에 두세 명의 아내를 두는데, 그중 한 사람만이 집안을 통제할 수 있다. 각 아내들은 자기 거처가 있으며 집안의 주인이 원할 때 찾아갈 수 있다.

이 나라에서는 남자들이 자신의 아내를 여자 노비 정도로밖에 취급하지 않아 사소한 일로도 내쫓을 수 있다. 남자가 자식을 원하지 않을 경우 쫓겨난 아내는 자식을 모두 데려가야 한다. 이 나라 인구 밀도가 높은 건 결코 놀라운 일이 아니다.

교육

귀족이나 부유한 사람들은 자식들에게 좋은 교육을 시킬 수 있다. 가정 교사를 두고 이 나라에서 매우 중요시 여기는 읽기와 쓰기를 아이들에게 가르친다. 교육은 온화하고도 예의 바르게 이루어진다. 아이들은 수많은 옛 성현들에 관해, 그리고 그들이 어떻게 그 지위와 명성을 얻게 되었는지에 관해 끊임없이 듣는다. 아이들은 대부분 밤낮으로 자리에 앉아 책을 읽는다. 이 어린 소년들이 배움에 있어 기본을 형성하는 책을 읽고 설명하는 것을 보고 있으면 감탄할 정도다.

모든 고을에는 나라를 위해 목숨을 바친 이들에게 매년 제사를 지내는 건물사당이 있다. 이곳에는 보존할 가치가 있는 고문서들이 있는데 귀족들은 그곳에서 책을 읽는 연습을 한다.

매년 각 도의 두세 고을에서 과거가 실시된다. 시험관들은 고을을 방문해 군대와 치안 분야에서 일자리를 얻고자 하는 사람들의 지식을 시험한다. 시험관들은 행정 권한을 부여하기에 합당하다고 판명된 사람들의 이름을 조정으로 보낸다. 그렇게 해서 전국의 후보자들이 왕의 위원 앞에서 시험을 보는 과거가 1년에 한 번 열린다. 군대와 치안 분야에서 승진을 하고자 하는 사람뿐 아니라 과거에 나랏일을 했던 사람, 지금 하고 있는 사람 등 전국에서 내로라하는 사람들이 시험장에 모인다.

시험에 합격한 사람들은 왕으로부터 급제 통지를 받는다. 그것은 모두가 받고 싶어 하는 문서이다. 급제 통지를 받으려고 많은 젊은 귀족들이 나이가 들어 거지가 되기도 하는데, 기부를 하거나 잔치를 베푸는 데 드는 비용이 너무 많아 가산을 탕진하기 때문이다. 많은 부모들이 자식 공부를 위해 어마어마한 돈을 투자한다. 하지만 목표인 정부 관리직을 얻는 데 성공하는 사람들은 결코 많지 않다. 아들이 급제했다는 사실은 부모에게 만족감을 주는 동시에 그들이 치른 희생을 보상해 준다.

부모들은 자식들을 무척 사랑하고, 자식들도 부모를 사랑한다. 부모가 죄를 저질러 도망가면 자식들이 그 대가를 치러야 하고, 자식이 저지른 죄에 대해 부모도 마찬가지로 그 대가를 치러야 한다.

노비의 부모들은 자기 자식들을 거의 돌보지 않는다. 자식들이 일을 할 수 있게 되면 바로 주인이 아이들을 데려가리라는 사실을 알기 때문이다.

장례

모든 자식들은 아버지가 죽으면 3년간, 어머니가 죽으면 2년간 상을 치른다. 이 기간 동안 자식들은 승려처럼 음식을 먹으며 관직에 나가서도 안 된다. 부모 중 한쪽을 잃은 사람은 중요한 관직이든 그렇지 않든 즉시 관직에서 물러나야 한다. 상중에는 아내와의 잠자리도 금지되어 있다. 상중에 생긴 아이는 사생아로 취급된다. 상중에는 싸워서도 안 되고 술에 취해서도 안 된다. 옷단이 없는 긴 삼베옷을 입고, 모자는 쓰지 않는다. 배에서 쓰는 밧줄 혹은 성인 팔뚝 굵기 만한 삼베 줄을 허리띠로 쓴다. 머리에는 허리띠보다 조금 더 가는 줄을 두르고 대나무 모자죽립를 쓴다. 손에는 굵은 지팡이나 대나무 막대기를 드는데 이로써 아버지 상중인지 어머니 상중인지를 알 수 있다. 대나무 막대기는 아버지를, 굵은 지팡이는 어머니를 여의었음을 암시한다. 상중인 사람은 거의 씻지 않아 사람이라기보다는 허수아비처럼 보인다.

누군가 죽으면 그 친척들은 마치 미친 것처럼 행동한다. 길에서 머리를 쥐어뜯으며 울고, 소리를 지른다.

조선 사람들은 매장에 특별히 주의를 기울인다. 점쟁이가 적당한 매장지를 정해 주는데 대부분 산속으로 홍수가 나지 않는 곳이다. 송장을 각 층 두께가 2인치5㎝인 이중 관 속에 안치하는데 고인의 부에 따라 새 옷과 물건들을 관 속에 넣는다. 보통 봄이나 가을, 추수가 끝나고 매장을 한다. 여름에 죽은 사람들은 장대로 세운 작은 볏짚 움막 속에 임시로 매장해 두고, 장례식 때 관을 가지고 와 앞서 말한 대로 옷이나 물건과 함께 시신을 관에 넣는다. 밤새 즐겁게 떠들고 논 후, 다음 날 이른 아침에 관을 가지고 나간다. 고인의 친척들이 관을 따라가며 소리 내어 울부짖는 동안 상여꾼들은 노래하고 춤만 춘다. 사흘째 되는 날, 가족과 친구들은 제를 올리기 위해 무덤으로 다시 가 즐거운 시간을 보낸다.

일반적으로 무덤은 4~6피트[120~180cm] 높이로 흙을 덮어 단정하게 정리한다. 유명한 사람들은 죽은 후 무덤을 만들 때 돌로 된 비석을 세운다. 비석에는 죽은 이의 이름, 가문 그리고 그의 직위 등을 새긴다. 8월 15일에는 무덤에 자란 풀을 자르고 햅쌀로 제를 올린다. 이날은 설날 다음으로 중요한 명절이다. 그들의 역법은 달의 순환을 근거로 하기에, 1년에 12달이 있지만 4년에 한 번씩 13번째 달이 있는 해가 된다.

조선에는 점쟁이와 무당이 있다. 그들은 누구에게 해를 끼치지 않는다. 그들은 죽은 사람이 평온하게 아무 일 없이 있는지, 제대로 된 장소에 묻혔는지에 대해 점친다. 그렇지 않으면 시신을 꺼내 다른 장소에 매장해야 한다고 한다. 가끔 무덤을 세 번 혹은 그 이상까지 이장하는 일도 있다.

부모의 장례식을 치른 후 장남은 부모의 집에 살면서 거기에 딸린 모든 것들을 소유한다. 다른 재산과 부동산, 물건들은 다른 아들들이 분배한다. 그 집안에 아들이 있는 경우에 딸이 재산을 상속받는다는 말은 들어 본 적이 없다. 아내도 재산을 상속받을 수 없는데, 자신이 입던 옷가지와 소지품 그리고 결혼할 때 가지고 왔던 자신의 물건들만 가질 수 있다.

부모는 나이가 80세가 되면 재산을 장남에게 물려줘야 한다. 더 이상 관리할 능력이 없는 것으로 간주되기 때문이다. 하지만 부모는 여전히 존경을 받는다. 장남은 자신의 재산으로 부모가 살 집을 지어 주고 모신다.[17]

기질

백성들의 용감함이나 성실성에 대해 이야기해 보겠다. 이 나라 백성들은 물건을 훔치고 거짓말하고 속이는 경향이 강하다. 이곳 사람들을 너무 많이 믿어서는 안 된다. 그들은 누군가를 속이면 그것을 영웅적인 행동이라고 생각하지, 부끄러운 일이라고 생각하지 않는다. 말이나 소를 사면서 상인에게 속았다면 3, 4개월 후에도 취소할 수 있다. 땅이나 부동산 거래도 대금이 지불되지 않은 경우라면 취소할 수 있다.

반면에 조선 사람들은 인정이 많고 남을 잘 믿는다. 우리는 뭐든 우리가 원하는 대로 그들을 믿게 할 수 있었다. 낯선 사람을 좋아하는데, 특히 승려들이 그렇다. 조선 사람들은 여자처럼 민감하다. 믿을 만한 사람이 말해 주기를, 수년 전에 일본인들에게 조선 왕이 살해됐을 때 조선 사람들은 자신의 고을과 마을을 불살라 파괴했다고 한다. 네덜란드인 얀 야너스 벨테브레이는 타타르청나라인들이 얼음압록강을 건너와 조선을 점령했을 때, 적군의 손에 죽은 병사들보다 숲에서 목을 맨 병사들의 숫자가 더 많았다고 말했다. 조선 사람들은 자살을 부끄러운 일로 생각하지 않는다. 필요에 의해 자살했을 거라며 자살한 사람을 가엾게 여긴다.[17a]

네덜란드, 영국, 혹은 포르투갈 배가 일본으로 가다가 조선 해안으로 떠밀려 가는 경우가 있다. 이 배들을 나포하려고 조선의 전쟁선들이 출동하는데, 이때 수군들은 바지만 더럽히고 아무것도 얻지 못한 채 돌아간다.

조선 사람들은 피를 보는 것을 싫어한다. 누군가 싸우다 쓰러지면 나머지 사람들은 도망간다. 그들은 질병을 싫어하는데, 특히 전염병을 혐오한다. 전염병이 돌면 즉시 전염병에 걸린 사람을 집에서 데리고 나온다. 그리고 마을 밖 들판에 전염병 환자를 살게 할 목적으로 만들어 놓은 움막에 데리고 가 살도록 한다. 환자를 돌보는 사람 외에는 아무도 환자에게 접근하지도, 말을 걸지도 않는다. 그곳을 지나가는 사람은 환자 앞 땅바닥에 침을 뱉는다. 보살펴 줄 친구가 없는 환자는 쓸쓸히 혼자 죽어 간다.

전염병이 생긴 집이나 마을은 소나무 가지로 빗장을 지르고 환자의 집 지붕은 가시나무로 덮어 모두가 알 수 있도록 한다.

교역

국내외 교역에 대해서 이야기해 보겠다. 조선 땅에서 교역하는 유일한 나라는 쓰시마섬의 일본인들이다. 일본인들은 부산의 남동쪽에 쓰시마섬의 영주가 소유한 교역 기지를 두고 있다.

일본인들은 고추와 소방목蘇方木, 명반, 물소 뿔, 사슴 가죽 등을 수출하며 우리와 중국에서 수입한 다른 상품들을 조선 물건과 바꾸어 일본에서 제조 과정을 거친다. 조선은 북경과 중국 북쪽 지역과도 교역을 하는 편이다. 조선의 상인들은 말을 타고 육로를 통해 중국으로 가는데, 이는 경비가 많이 드는 일이라 부유한 상인들만이 할 수 있다. 도성(서울)에서 북경으로 갔다 오는 데는 적어도 석 달이 걸린다.

국내에서 매매의 수단으로는 주로 포목을 사용한다.[18] 거상들은 교환 수단으로 은을 사용하지만, 농부들이나 일반 사람들은 쌀과 다른 곡물을 쓴다.

타타르가 통치권을 잡기 전까지만 해도 조선은 풍요와 유희가 넘치는 나라였다. 사람들은 오로지 먹고 마시며 즐기기만 했다. 하지만 이제 사람들은 타타르와 일본으로부터 너무 많은 고통을 당했을 뿐 아니라, 상황이 나쁜 해에는 삶을 유지할 방법도 없을 정도다. 주로 타타르에 바쳐야 하는 조공이 너무 많기 때문이었는데, 타타르에서는 매년 세 번씩 조공을 가지러 왔다.[19]

주변 세계

조선 사람들은 세상에는 열두 개의 나라, 혹은 왕국뿐이라고 생각한다. 조선 사람들은 이 나라들이 한때 모두 중국 황제의 지배를 받았고 황제에게 조공을 바쳐야 했다고 한다. 그런데 지금은 중국을 지배하는 타타르가 다른 나라를 정복할 수 없었기 때문에 다들 자유가 되었다고 생각하는 것 같다. 조선 사람들은 타타르를 **태국사*** 혹은 **오랑캐**(야만인)라고 부른다. 조선 사람들은 우리나라를 **남반국****이라고 부르는데, 일본인들이 포르투갈을 부를 때 쓰는 말과 같다. 조선 사람들은 우리 네덜란드인이나 네덜란드에 대해서 아무것도 모른다. 그들은 일본인들에게서 **남반국**이란 이름을 배웠고, 이제 그 명칭은 담배 덕분에 조선에서 유명해졌다. 50~60년 전만 하더라도 조선 사람들은 담배를 몰랐다. 그때 일본인들이 조선 사람들에게 담배 키우는 법과 담배 피우는 법을 가르쳤다. 일본인들이 담배 씨앗은 **남반국**에서 가져왔다고 말했고 그래서 아직도 담배를 종종 **남반코*****라고 한다. 담배는 남자들뿐 아니라 여자들과 네다섯 살 어린아이들까지 피운다. 담배를 전혀 피우지 않는 사람은 거의 찾아볼 수 없다. 처음 담배가 들어왔을 때 한

---

*원서는 Tieckse로 되어 있으며, 대국 또는 청나라를 낮잡아 이르는 '뙤국'을 표기한 것으로 보인다.
**일본어 '남반(南蠻)'과 나라 '국(國)'의 합성어로, 우리나라식으로 읽으면 '남만국'이지만 일본식으로 사용한 듯하다.
***남반과 담배를 뜻하는 '타바코(tabaco)'의 '코'가 합성된 말로 보인다.

대에 은 한 량(약 4그램)에 맞먹는 값어치를 했다. 그래서 그들에게 있어서 남반국은 가장 잘 알려진 나라 중 하나가 된 것이다.

조선의 고문서에는 세상에 8만4천 개의 나라가 있다고 쓰여 있지만, 그들은 그것이 허구라고 생각한다. 누군가 섬과 낭떠러지, 바위까지 센 거라며 태양은 하루에 그 많은 나라를 한꺼번에 비추지 못한다고 말한다. 우리가 세상에 있는 많은 나라에 대해 이야기하자, 그들은 소리 내어 웃으며 그것은 도시나 마을의 이름이 틀림없다고 말했다. 조선의 지도에는 샴* 이상은 그려져 있지 않기 때문이다.

농업과 광업

조선은 사람들이 필요한 식량을 자급자족할 수 있다. 쌀을 포함해 다른 곡물들이 풍부하기 때문이다. 그들은 면화와 마를 짠다. 누에를 많이 치지만 좋은 품질의 비단을 짜는 기술은 부족하다.

은, 철광석, 납을 채굴하며[20] 호랑이 가죽과 인삼 뿌리 등의 상품들을 교역한다.

---

*태국의 옛 명칭.

한약

조선 사람들은 약초를 많이 재배한다. 하지만 평민들은 의사를 댈 형편이 안 돼 그 약초를 거의 쓰지 못한다. 의사들은 모두 양반들만 진료한다. 조선은 본래 매우 건강한 나라다.[21]

일반인들은 의사 대신 장님이나 점쟁이를 찾는다. 그들은 악마를 쫓기 위해 산속이나 강, 혹은 절벽, 신을 모신 제단에서 제사를 지내라는 점쟁이들의 말을 잘 따른다. 하지만 1662년에 왕의 명령으로 이런 것들이 금지된 후 더 이상 행하지 않고 있다.

도량형과 화폐

도량형은 상인들에 한해서는 전국이 동일하지만, 일반인들과 작은 행상들 사이에서는 속임수가 횡행하고 있다. 물건을 사는 사람은 실제로는 무게나 개수가 모자란 경우가 있고, 파는 사람은 저울 눈금이 가리키는 것보다 무겁게 부풀린다.

대부분의 지방 관찰사들은 이런 불법 행위를 단속하고 있지만, 모든 사람들이 자신들만의 도량형을 이용하기 때문에 불법을 근절하기가 어렵다.

조선에서는 현금엽전 말고는 다른 화폐가 없는데, 현금은 중국과의 국경에서만 통용된다. 크고 작은 은 조각의 무게에 따라 값을 지불하는데 일본의 은량과 같다.

동물군

조선에는 다음과 같은 동물과 새가 있다. 말,[22] 암소, 황소들이 많은데 소들은 거세되는 일이 없다. 농부들은 암소나 황소를 이용해 땅을 간다. 여행자들과 상인들은 말을 이용해 짐과 상품을 옮긴다. 호랑이도 많은데, 그 가죽은 중국과 일본으로 수출한다. 곰, 사슴, 멧돼지, 집돼지, 개, 여우, 고양이 등이 있다. 뱀이나 독이 있는 동물도 많다.

백조, 거위, 오리, 닭, 황새, 왜가리, 학, 독수리, 매, 까치, 까마귀, 뻐꾸기, 비둘기, 누른도요, 꿩, 종달새, 되새, 지빠귀, 댕기물떼새, 말똥가리 등 그 종류도 다양하고 개체 수도 많다.

문자와 인쇄

언어와 문자에 관한한 조선어는 다른 그 어떤 언어와도 다르다. 같은 것을 두고도 이름들이 달라 배우기가 매우 어렵다. 조선 사람들은 말을 아주 빨리 하거나 아주 천천히 하는데, 특히 지체 높은 사람들과 학자들은 천천히 한다.

조선 사람들은 세 가지 방식으로 글을 쓴다. 첫 번째는 가장 일반적인 방식인데 중국이나 일본이 쓰는 글자와 같다. 이 방식으로 정부의 공식 문서가 기록될 뿐 아니라 모든 책들이 인쇄된다. 두 번째는 네덜란드에서 현재 쓰고 있는 것처럼 아주 빠르게 흘려 쓰는 방식이다. 이것은 주로 고위직 사람들이나 조정 사람들이 서로에게 서신을 쓸 때뿐 아니라 판결문을 쓰거나 청원서에 대한 답변을 달 때 사용된다. 일반인들은 이 글씨를 잘 읽을 수 없다. 세 번째 방식은 여자들과 일반인들이 쓰는 방식이다. 이 방식은 배우기가 아주 쉽고 모든 사물의 이름을 쓸 수 있다. 누구라도 전에 들어 본 적 없는 것을 쓸 수 있으며 다른 방식보다도 쉽고 편하다. 사람들은 이 모든 글씨를 붓으로 아주 능숙하고도 빠른 속도로 써 내려간다.[23]

조선 사람들은 옛날부터 전해 오는 필사본이나 인쇄된 책들을 많이 가지고 있다. 그들은 이러한 책들을 아주 소중히 여기는데 왕의 형제, 그러니까 왕자들이 그 책에 대한 감독권을 늘 가지고 있는 사실을 보면 알 수 있다.

화재나 여러 사고로 소실되지 않도록 사본과 목판들은 여러 곳에 안전하게 보관한다. 그들의 책력달력과 그와 같은 책들은 중국에서 인쇄되는데 조선에는 그러한 기술이 부족하기 때문이다. 그들은 목판으로 인쇄하는데 종이 양쪽에 각각 다른 목판을 사용한다.

산술과 부기

조선에서는 네덜란드의 산가지*처럼 긴 막대기로 셈을 한

---

*셈에 쓰는 막대.

다. 조선 사람들은 상업에서 쓰는 부기에 관해 아는 것이 없다. 그들은 뭔가를 사면 구매 가격을 적고 그 다음에 판매 가격을 적은 후 서로 뺄셈을 하여 얼마나 남았는지, 얼마나 부족한지 알게 된다.

국왕의 행차[24]

왕이 궁 밖으로 나갈 때는 모든 (앞뒤에 문장이나 상징을 수놓은 검은 비단 관복을 입고 관복 위에는 크고 넓은 띠를 맨) 귀족들이 수행을 한다. 왕의 지원을 받는 기병과 보병은 각자 최고의 옷으로 차려입고 맨 앞에 선다. 깃발이 나부끼고 온갖 악기로 음악이 연주된다. 그 뒤로는 조선 최고의 인재들로 구성된 왕의 수행단이 따른다. 그 한가운데 아름답게 꾸민 작은 집 모양의 가마연에 왕이 앉아 있다. 그 행렬의 주변은 너무도 조용해 사람들의 숨소리와 말발굽 소리가 들릴 정도다. 왕 앞에는 말을 탄 비서나 신하가 작은 상자를 들고 있다. 그 상자에 조정으로부터, 혹은 타인으로부터 부당한 대우를 받았거나 판사로부터 판결을 받지 못했거나, 부모나 친구가 억울하게 벌을 받았다거나 하는 각자의 호소를 적은 탄원서를 넣을 수 있다. 그 탄원서는 대나무 막대기에 묶어 놓거나, 담벼락에 내걸거나, 울타리 뒤에서 건네면 신하가 거두어 상자 속에 넣는다. 왕이 궁으로 돌아오면 신하가 탄원서가 든 상자를 왕에게 올리고 모든 청원은 왕의 손에서 해결된다. 왕은 최종 판결을 선포하는데, 이는 반대 없이 곧장 시행된다.[25]

왕이 행차하는 모든 길은 양쪽이 봉쇄된다. 누구도 문이나 창문을 열어서는 안 되고, 열어 두어서도 안 된다. 담장이나 울타리 너머로 봐서도 안 된다. 귀족이나 군대 앞으로 왕이 지나갈 때 그들은 등을 돌려야 하는데, 이때 돌아보거나 기침을 해서도 안 된다. 그래서 대부분의 병사들은 말이 재갈을 문 것처럼 입에 작은 나무 막대를 문다.

중국 사신의 방문

중국 사신이 도착하면 왕은 고위 관료들과 함께 직접 도성 밖으로 나가 사신을 맞이한다. 그리고 사신들에게 깊게 절하여 경의를 표하고 사신이 머무는 곳까지 수행한다. 사신이 도착하고 떠날 때는 왕에게 하는 것보다 더 많은 예를 갖춘다. 그가 가는 길 앞에는 악사가 음악을, 무희가 춤을, 곡예사가 곡예를 선보인다. 그리고 조선에서 만들어진 진귀한 것들을 사신 앞에 내놓는다.

중국 사신이 도성에 머무는 동안 사신의 숙소에서 궁까지 이르는 길은 17~20피트[5~6m] 간격으로 병사들이 서서 지킨다. 두세 명의 병사들은 시시각각 사신이 무엇을 하는지 적은 쪽지를 사신의 숙소에서 궁으로 전달하는 일만 전담하는데, 왕이 사신의 일거수일투족을 알 수 있도록 하기 위해서다. 그들은 사신을 예우하고 환대하기 위해 온갖 수단을 강구하는데, 그것은 종주국청나라 황제에 대한 존경에서 우러나온 것이며, 사신이 조선에 대해서 불평하지 못하도록 하기 위해서이다.

결론

조선 왕국을 방문하기 위해서는 서쪽 남경만의 북위 약 40도 지점으로 접근해야 한다. 그곳에는 큰 강이 바다로 흘러가고 있다. 이 강은 도성 서울에서 1/2마일3㎞ 정도 뻗어 있는데, 왕에게 바치는 모든 쌀과 물품들이 큰 배에 실려 이 강에 도착한다. 강 상류 8마일50㎞ 정도 지점에 창고가 있는데 그곳에서 모든 물품들이 수레에 실려 도성으로 옮겨진다.

왕은 도성인 서울에 궁을 가지고 있다. 중국, 일본과 교역을 하는 거상들과 대부분의 귀족들도 그곳에 머문다. 상품들은 먼저 서울로 들여온 뒤 소매로 전국으로 팔려 간다. 이곳 역시 많은 교역이 은으로 이루어지는데, 대부분의 은이 고관들의 수중에 있기 때문이다. 다른 고을이나 시골에서의 매매는 포목이나 곡물로 이루어진다.

조선에 닿기 위해서 서해안으로 접근해야 하는 이유는, 남해안과 동해안에는 눈에 보이거나 보이지 않는 절벽과 암초가 해안을 따라 즐비하기 때문이다. 조선의 항해사들은 우리에게

서해안이 접근하기 가장 좋다고 말해 주었다.

이후 상황

나가사키에 도착하여 질의응답을 한 날로부터 최종적으로 바타비아로 출발하기까지는 1년 이상의 시간이 걸렸다. 하멜과 그의 동료들의 삶은 더 이상 위험하지 않았다. 먹을 것과 입을 것도 잘 지급되었다. 하지만 전라도의 산속을 헤매고 다니고, 배를 타고 직접 노를 저으며 한국 남해의 섬들을 돌아다녔던 그들에게 그 1년은 감옥에 갇힌 것과 같았을 것이다. 너비 100미터 길이 170미터의 부채꼴 모양의 데지마섬에서 철저한 감시 아래 사는 것은 몹시 지루하게 느껴졌을 것이다.

하멜은 그 시간을 이용해 일지를 적었다. 조선에 잡혀 있는 동안 있었던 일들이나 장소, 이름 들을 적은 노트를 만든 것이다. 그들이 서울로 가는 길에 지났던 고을이나 요새의 이름 들을 13년 후에 기억해 내는 일은 불가능했을 것이다. 하멜은 제주도에 있을 때 물에서 건져 올린 책들을 돌려받았었다. 그 가운데 배의 항해 일지도 있었을 것이다. 이 책 서두에 쓰인 "8월 11일, 남동쪽으로부터 비가 몰려오면서 날씨가 다시 나빠졌다. 우리는 북동쪽과 동북동쪽 사이를 향해 갔다."는 항해 일지에서 베낀 것이다.

데지마섬 네덜란드 교역소장 빌헬름 볼허르가 쓴 일지에서 하멜 일행의 도착과 출발에 대해 적은 것을 읽어 보면 흥미롭다.

1666년 9월 14일 화요일. 지난 사흘 동안 희한한 옷을 입은 유럽인 8명이 이상한 배를 타고 고토섬에 왔다는 소문이 떠돌았다. 지금 그들은 나가사키로 가는 중이라고 한다. 소문 속 이야기는 매시간 그 내용이 변하고 있어서 어떻게 생각해야 할지도 모르겠고, 하물며 어떻게 써야 할지도 모르겠다. 오늘 이른 아침에는 그 사람들을 태운 배가 지난밤에 도착했다는 이야기를 들었다. 수장으로부터 심문을 받은 그들은 오후 1시 정각에 우리 섬에 인도되었다. 그들은 8명의 네덜란드인이었다. 호린험 출신의 헨드릭 하멜, 로테르담 출신의 호버르트 데네이선과 그의 아들 데네이스 호베르츠전, 엥크하위전 출신의 마튀스 에이보컨, 헤이렌베인 출신의 얀 피테르전 그리고 로테르담 출신의 헤르릿 얀선과 베네딕튀스 크렐르크이다.

그들이 조선에서 겪었던 일들을 일일이 열거하지는 않겠다. 그들의 동료 20명은 그곳에서 이미 죽었고, 8명은 조선 내 다른 지역에 아직도 남아 있다. 나가사키의 수장은 통역관을 통해 그들의 구조에 우리가 축하하는 것이 좋을 거라고 제안하며, 에도(도쿄)에 이 사실을 보고하겠다고 말했다. 그들이 퀠파르트에 좌초하고 8개월 뒤 네덜란드 사람으로 보이는 (분명 조선 왕이 그곳으로 보냈을) 한 노인이 한참 만에 어눌한 네덜란드어로 그들에게 누구냐고 물었고, 자신도 네덜란드 드레이프 출신이며 이름은 얀 야너스 벨테브레이고 조선에서 26년 동안 살고 있다고 말했다는 사실은 눈여겨 볼 만하다. 그는 70세가 넘었는데, 아직도 살아 있다.

1666년 10월 17일. 지난달 이곳에 도착한 8명의 네덜란드인들이 바타비아로 떠나게 해 달라고 수장에게 부탁했지만, 수장은 에도로부터 아직 회신이 도착하지 않았고 곧 도착할 거라며 허락하지 않았다. 그러는 동안 배는 내일 출항할 것이다. 그렇게 되면 이 불쌍한 이들은 한 해를 더 이곳에 머물게 될지도 모르는데, 참으로 비통한 일이 아닐 수 없다. [바타비아로 가는 배는 1년에 한 번만 출항한다.]

1666년 10월 18일. 빌헬름 볼허르, 다닐 식스, 니콜라스 데 로이에와 다닐 판 플릿은 국왕과 총독, 인도 의회에 다음과 같은 내용으로 공식 서한을 보냈다.

"1653년 스페르베르호를 타고 가다 불가항력적이고도 억제할 수 없는 신의 손에 이끌려 퀠파르트섬에서 난파했던 8명의 사람들이 지난달 조선의 섬에서 이곳에 기적적으로 도착했습니다. 서기인 헨드릭 하멜과 7명의 항해사들입니다. 나머지 8명은 아직도 조선에 있습니다. 이곳에 도착한 8명은 에스페란스호를 타고 바타비아로 출항할 예정입니다."

볼허르는 며칠 뒤 에스페란스호를 타고 데지마를 떠났다. 그는 보고서에 다음과 같이 썼다.

결국 그 가엾은 사람들은 뒤에 남아야 했다. 내가 나가사키의 수장으로부터 그들도 떠날 수 있도록 허가해 달라고 요청했으나 단박에 거절당했다. 수장은 에도 조정에서 아무런 지시가 없었으며 하멜 일행은 데지마를 떠날 수 있다는 허가를 받기 전에 에도로 가야 하는 일이 생길 수도 있다고 했다. 이렇게 고통을 받으면서 한 해 더 머무는 동안 그들이 자유를 즐기기란 어려운 일이 될 것이다.

새로 책임을 맡게 된 다닐 식스는 1666년 10월 25일에 다음과 같이 적었다.

오늘 아침 9시 무렵 통역관이 네덜란드인 8명을 수장의 집무실로 소환했다. 나는 그들을 불러 통역관과 함께 가라고 명령했다. 뻔뻔스러운 일본인 지배자들이 어떤 질문을 했는지는 그들이 돌아오면 알게 될 것이다. 정오가 좀 지나서 그들은 섬으로 돌아왔고, 서기인 헨드릭 하멜은 그들이 수장 앞에서 어떤 질문을 받았는지 보고했다. 먼저 그들의 이름과 나이를 물었고, 조선인들의 풍속과 그들이 옷을 입는 방식, 조선의 군대와 생활 방식, 종교는 어떤 것인지, 조선에 포르투갈이나 중국 사람들이 살고 있는지, 네덜란드 사람은 얼마나 남아 있는지 등등을 물었다. 각 질문에 그들이 만족할 만큼 대답을 하고 나자 섬으로 돌아가라는 명령을 받았다.

하멜은 일지 부록에 다음과 같이 적고 있다.
1666년 10월 25일, 새 수장에게 다시 불려가 앞서 언급된 질문들을 받았고 우리는 앞서와 같이 대답했다.

1년 후, 하멜은 다음과 같이 적어 두었다.
"1667년 10월 22일. 정오 무렵 새 수장이 도착해 우리에게 출발 허가증을 주었다. 저녁이 될 즈음, 우리는 **비테레이우호**의 호위를 받으며 바타비아로 가기 위해 **스프레이우호**에 올랐다."
"1667년 10월 23일. 동틀 무렵 닻을 올리고 나가사키 만을 출발했다."

1667년 10월 22일 토요일의 데지마 기록을 보면 다음과 같이 기록되어 있다.

억수같이 비가 쏟아지고 있음에도 불구하고 비테레이우호와 스프레이우호는 바타비아를 향해 출항했다. 오늘 아침 우리는 조선에서 온 8인이 떠나도 된다는 허가증을 받았다. 며칠 전 나가사키에 새로운 수장이 왔음에도 불구하고 작년에 이곳에 도착한 8명의 네덜란드인이 떠날 수 있다는 허가를 받지 못하고 있었다. 그들은 스프레이우호에 승선할 것이다.

한 달하고 며칠 뒤 그들은 마침내 바타비아에 도착했다. 하멜은 일지에 다음과 같이 결론을 맺어 두었다.

"1667년 11월 28일, 우리는 바타비아 정박지에 도착했다. 14년 동안 절망과 슬픔 속에서 헤매다 이제는 고국으로 돌아갈 수 있도록 이교도의 손에서 우리를 자유롭게 해 준 하느님의 자비에 감사드릴 뿐이다."

원고에는 날짜를 적지 않았지만 바타비아에서 머물 때의 일지에 다음과 같은 기록이 있다.

"1667년 11월 28일, 일본에서 **비테레이우호**와 **스프레이우호**가 이곳에 도착했다."

하멜과 7명의 선원들은 12월 2일 인도 식민지 의회와 만나 자신들의 봉급을 상환해 줄 것을 요구했다. 데지마의 교역소장이 의회에 탈주자들을 가엾게 여겨 줄 것을 청하는 편지를 써 보내 두었지만 그 요청은 아무 소용없었다. 배가 난파되면 선원들의 봉급 지급은 중단되는 것이 규칙이었다. 그들의 봉급은 그들이 나가사키에 도착한 날로부터 정산되었다. 처음 계약 당시 소년이었던 선원들의 봉급은 한 달에 몇 길더*에서 9길더까지 인상되었다. 7명의 선원들은 항해를 계속하여 고국으로 돌아갔지만 하멜은 바타비아에 남았다.

네덜란드에 돌아간 선원들은 암스테르담에 있는 관리자들에게 봉급을 상환해 달라고 재차 요구했지만 성공하지 못했다. 하지만 회사 측은 그들을 가엾게 여겨 그들이 조선에서 보낸 시간에 대한 보상 차원에서 1530플로린**의 퇴직금을 인정했고, 그 돈을 나누어 주었다.

식민 시대 기록물(255번)에는 다음과 같은 글이 있다.

1668년 8월 11일, 13년 28일 동안 조선에서 포로 생활을 했던 사람들을 만났다. 그들이 제출한 보고서를 읽어 보고 검토한 후 결정할 것이다.

1668년 8월 13일, 조선에서 포로 생활을 하는 동안 있었던 일들

---

*네덜란드의 화폐 단위.
**네덜란드의 은화.

과 조선국에 대한 기록을 적은 일기를 읽은 위원들의 보고서 낭독을 들었다. 우리는 인도 식민지 의회에 서한을 보내 의회가 반대하지 않는다면 조선에 사절단을 보내 무역 관계를 맺기로 했다. 그리고 우리는 동정심에서 7명에게 1530플로린을 다음과 같이 할당하기로 했다.

호버르트 데네이선 (매달 14플로린)	300플로린
마튀스 에이보컨 (매달 14플로린)	300플로린
얀 피테르전 (매달 11플로린)	250플로린
헤르릿 얀선 (매달 9플로린)	200플로린
코르넬리스 디르크서 (매달 8플로린)	180플로린
데네이스 호베르츠선 (매달 5플로린)	150플로린
베네딕튀스 클레르크 (매달 5플로린)	150플로린

위에 언급된 사람들 중 네 명은 로테르담 출신이다. 하멜의 일기에서 반복되어 나오는 이름들의 운명을 간단히 살펴보면 그들 중 가장 연장자는 1619년에 태어난 호버르트 데네이선으로, 인터뷰를 했던 당시 47세였다. 젊은 나이에 혼자가 되었다가 1647년 12월 1일에 재혼했다. 신부는 역시 로테르담 출신인 아네티 알레베인스 판 핀케버르였다. 그들의 결혼은 교회가 아니라 시청에 등록되어 있다. 기록 보관소를 통해, 26세 무렵이던 1645년 3월 11일에 그는 스스로 로테르담 시민임을 밝혔고, 인도에서 돌아오던 배에서 한 선원의 죽음에 대해 말

했다는 사실을 알 수 있었다. 그는 이렇게 말했다. "엄숙한 맹세 대신 진실의 확언과 함께." 이것은 그가 메노파* 교도이거나 퀘이커** 교도임을 입증한다. 로테르담에는 항상 주요한 메노파 공동체가 있어 왔다. 그들 중 가장 어린 데네이스 호베르츠선은 호버르트 데네이선이 첫 번째 결혼에서 낳은 아들이었다. 1651년, 아버지와 아들은 함께 **니우로테르담호**를 타고 인도 제국에 도착했다. 당시 데네이스는 겨우 10세 소년이었다.

로테르담 기록 보관소에 의하면 배의 사환인 베네딕튀스 클레르크가 1667년 12월 23일, **프레이헤이트**(자유)**호**를 타고 바타비아를 떠나 1668년 7월 19일에 네덜란드에 도착했음을 알 수 있다. 공증서(389번 341~342)에는 다음과 같이 쓰여 있다. "최근 **프레이헤이트호**를 타고 동인도에서 돌아온 베네딕튀스 클레르크는 1668년 7월 23일, 야콥 델피우스의 공증 사무실에 출석하여 선주 얀 티선이 본인을 대신해 37길더 50센트를 받도록 위임했다." 그리고 그는 공증서에 사인으로 'X'를 썼는데, 그것은 글을 쓸 줄 몰랐기 때문이다. 이것은 오랜 시간 동안 포로로서, 자신의 생애 절반을 조선의 왕을 수행하면서 악전고투를 견뎌 낸 젊은이의 초라한 흔적이었다. 나가사

---

*16세기 종교 개혁으로 발생한 네덜란드의 한 교파로 맹세하지 말라는 성서의 말씀을 따랐다.
**17세기 영국에서 발생한 교파로 맹세를 거부해 법원의 증인 출두나 선서도 거부했다.

키에서 질의응답을 할 때 그는 27세였다. 그는 12세이던 1651년 **젤란디아호**를 타고 인도 제국에 도착해 한 달에 5길더를 벌었다. 고향인 로테르담으로 돌아간 후, 그는 이듬해 마리아 세이버스라는 여인과 결혼했고, 다섯 명의 아이가 세례를 받았다는 사실이 개혁 교회 기록에 남아 있다. 그의 아내는 1709년 사망했지만 클레르크의 죽음에 관한 기록은 로테르담에 남아 있지 않다.

로테르담 출신의 네 번째 선원 헤르릿 얀선은 1648년 **젤란디아호**의 사환으로 인도 제국에 왔다. 그의 봉급은 한 달에 10길더로 인상되었다.

조선에 좌초된 선원들이 누가 탈출에 가담하고 누가 남을지 결정하는 것은 매우 힘든 일이었을 것이다. **일지**를 보면 얀 피테르전은 경험이 있는 항해사였기 때문에 탈출에 가담하기를 요청받은 것으로 되어 있다. 하멜은 유일하게 남은 서기였고, 마퇴스 에이보컨과 코르넬리스 디르크서도 함께할 것을 요청받았다. 그리고 부자父子를 포함해 위에서 언급한 로테르담 출신의 네 명이 있었다. 질의응답을 보면 그들은 나머지 동료들에게 계획을 알리지 않고 탈출하기로 결정했다. 그들이 탈출을 비밀에 부친 것은, 모두가 타기에는 배가 크지 않았기 때문이다. 게다가 매달 두 번씩 그들은 관청에 출석해야 했는데, 몇 사람을 남겨 놓은 덕분에 탈출이 즉각 발각되지 않았다.

전라도 지역에 남겨진 사람들에 대해서 하멜은 더 이상 언급하지 않는다. 할 수가 없었다. 그래서 1905년에 이르러서야 그리피스는 조선에 관해 저술한 책에서 다음과 같이 썼다. "스페르베르호의 다른 생존자들의 운명은 알려진 바가 없다. 아마 앞으로도 영원히 알 수 없을 것이다."(176) 「왕립아시아학회(RAS) 한국지부 회보」 9권(1918)에서 한국의 영국인 주교이자 왕립아시아학회(RAS)장인 마크 네이피어 트롤로프는 헨드릭 하멜에 대해 다음과 같이 적고 있다. "탈출에 성공하지 못한 불운한 선원 중 알렉산더 부스퀴엇이라는 스코틀랜드 사람이 있다. 그의 무덤이나 동료의 무덤이 나타날지 의문이다." (94~95) 최근 우리는 부스퀴엇이 스코틀랜드 출신이 아니라는 사실을 알게 되었다. 산더르 부스퀴엇은 리스라고 하는 작은 마을 출신의 네덜란드인이었다. 옛날 서류를 훑어보면 성이나 이름을 적절히 적는 일관된 맞춤법이 없다는 것을 알 수 있다.

1668년 9월 16일자 VOC(네덜란드 동인도연합회사)의 공식적인 문서에는 하멜과 그의 동료들이 탈출한 후, 2년 전에 포로 중 가장 연장자인 도르드레흐트 출신의 얀 클라전이 죽었다고 언급한 기록이 남아 있다. 니콜라스 비천은 이렇게 기록했다. "VOC의 지령과 일본 황제의 중재로 남아 있던 포로들은 모두 인도되었으나, 그곳에 남고 싶어 한 단 한 사람은 제외되었다. 그는 그 이방인의 나라에서 살고 싶어 했다. 그는 그곳에서 결혼했고, 그의 몸에는 그가 기독교인이라든가 네덜란드인이라는 걸 확인할 수 있는 것이 아무것도 없었다."(비천, 53) 조선 당국자들이 이 사실을 받아들였는지는 의문이다.

조선에 남아 있던 사람들이 어떻게 일본으로 갔는지에 대한 설명은 레드야드의 『네덜란드인, 조선에 가다』(83~97)에 상세히 나와 있다. 다시 한 번 더 얀 야너스 벨테브레이가 그 일에 관련되었는데, 당시 그는 72세였을 것이다. 조선의 관계자들은 하멜과 그 동료들의 탈출에 대해 조사하면서 1667년 1월, 서울에 있던 벨테브레이에게 26년 전에 어떻게 조선에 도착했는지, 부산의 일본 거주지에서 어떻게 서울로 보내졌는지 물었다. 그들은 이 정보를 일본인 관리들과의 협상에 활용했다.

남아 있던 네덜란드인 7명은 남원에 모이라는 명령을 받았다. 그들은 각자 외투 한 벌, 쌀 10캐티^{6kg}, 포목 2필 그리고 다른 선물을 받고 1668년 7월, 부산 동래에 있는 일본 교역소를 거쳐 조선을 떠났다. "일본 정부는 조선과 협상할 때 항상 쓰시마를 이용했고, 부산의 기관은 전적으로 이 섬의 봉건 영주들로 이루어져 있다."(그리피스, 86) 기상이 좋지 않아 그들은 나가사키에 1668년 9월 16일이 되어서야 도착했다.

그들은 다음과 같다. 암스테르담 출신의 조수 요하니스 람펜, 플릴란트 출신으로 밧줄 등을 책임지던 헨드릭 코르넬리선, 플레케런 출신의 조타수 야콥 얀서, 리스 출신의 포수 산더르 부스퀴엇, 흐리턴 출신의 선원 안토네이 윌디르크선, 위트레흐트 출신의 포수 얀 얀서 스펠트, 오스타펀 출신의 사환 클라스 아렌츠전이다.

  이들은 조선에 대해, 그리고 조선과 일본 간의 무역 관계에 대해 일본인 관리들에게 조사를 받았다. 그리고 일본을 떠나도 된다는 허가를 받았다. 그들이 탄 배 **니우포르트호**는 1668년 10월 27일, 나가사키를 떠나 코로만델*을 경유해 1669년 4월 8일 바타비아에 도착했다. 바타비아에서 그들은 헨드릭 하멜과 재회했고, 1670년에 다 함께 네덜란드로 돌아갔다.

  1670년 8월 29일, 그들 중 3명은 암스테르담에 있는 VOC 본부의 국장들을 만났다. "15년 동안 조선에서 붙들려 있던 호린험 출신의 헨드릭 하멜, 플릴란트 출신의 헨드릭 코르넬리스 몰레나르, 위트레흐트 출신의 얀 얀서 스펠트는 그동안 밀린 임금을 달라고 요구했다. 1668년 8월 13일, 결의안의 선례를 따라 이들 또한 같은 상황에 있던 다른 사람들처럼 적절한 임금을 지급받게 될 것이다."(VOC 결의안, 식민지 기록 공문서, 256번)

  1610년 12월 10일, 나중에 오라녜** 왕자가 된 네덜란드의 마우리츠 판 나사우 왕자는 조선과의 통상 관계에 관해 이미 일본에 서한을 보냈다. 서한에서 그는 왕에게 조선과의 교역을 위해 일본 북쪽 해안의 항해 허가를 요청했다. 리처드 콕스가 1630년 11월 30일 일기에서 다음과 같이 적고 있지만, 그

---

*뉴질랜드 북섬에 위치한 반도.
**네덜란드 왕가의 이름으로, 영어로는 오렌지다.

서한은 아무 소용이 없었다. "벨기에 플랑드르 사람들은 조선으로 들어가는 몇 개의 작은 입구를 이미 알고 있다. 쓰시마라고 하는 섬은 조선이 보이는 곳에 있으며, 플랑드르 인들은 일본 왕에게 우호적이다."(리처드 콕스 2세의 일기, 2권 258)

네덜란드인들의 경쟁자인 영국인들도 별로 운이 없었다. 1614년 10월 17일, 존 새리스 선장은 다음과 같이 적고 있다. "나는 지금쯤 에드워드 새러스가 조선에 있을 거라는 사실을 의심하지 않는다. 우리의 브로드 직물*이 여기보다 거기에서 더 많이 필요할 거라는 중국인의 말을 듣고, 여기 쓰시마에 있던 그를 그곳으로 가도록 임명했기 때문이다. 그곳까지의 거리는 일본에서 50리그**밖에 되지 않으며 쓰시마에서는 훨씬 가깝다."(존 새리스 선장의 일본 기행, 210) 그러나 리처드 콕스는 1614년 11월 25일에 다음과 같이 적고 있다. "우리에게는 아직 쓰시마에서 조선과 통상을 할 어떤 수단도 없다. 뿐만 아니라 쓰시마도 소도시나 요새로 들어가는 이외에는 다른 특권이 없다. 거기에서 육지 쪽으로는 암벽이 많아서 조선에 가려면 죽음 같은 고통이 뒤따른다."(270) 1614년 3월 9일, 피란도(히라도)에서 쓴 서한에 다음과 같은 글이 있다. "세이어는 쓰시마나 조선에서 좋은 일이 있을 거라는 희망을 전혀 가지고 있지 않다."(일본 거주 영국인들이 쓴 서한, 130)

---

*면직물의 한 종류로, 실크처럼 광택이 나도록 가공한 천이다.
**현재 영국 해상 1리그(lg)가 약 4.83km이므로, 50lg는 약 241km이다.

하멜이 돌아온 후 조선과의 통상을 트려는 새로운 시도가 있었지만 바타비아는 그러한 계획을 반대하는 권고를 받았다. 아마도 일본이나 중국 정부가 반대했을 것이다. "우리가 일본에 거주지와 무역 거점을 가지고 있는 한 조선과 무역할 생각은 하지 말아야 한다. 중국인들이 우리가 조선에 있는 것을 참지 않을 것이기 때문이기도 하거니와 일본의 시기심이나 불신을 불러일으키지 않기 위해서다. 우리는 우리 자신의 생각으로 그렇게 해야 했으나, 시간이 흐른 후 미래에 어떤 일이 생기게 될지는 모를 일이다." 선견지명이었다!

작가와 다른 판본에 대하여

하멜 일지*가 학문적이지 못하다거나, 심지어 그 묘사는 전혀 믿을 수가 없다고 말하는 비평가들의 평가는 분명히 옳다. 하지만 20세의 나이에 네덜란드를 떠나 2년 동안 인도 제국에서 일하다가 **스페르베르호**의 불운한 마지막 항해에 올랐던 젊은 청년에게서 무엇을 기대할 수 있을까? 조선에서 그들이 살아 낸 삶은, 한 번도 겪어 보지 못한 문화에 둘러싸인 채 책 한 권 없이 외부 세계와 단절된 고난의 시간이었다. 하지만 사람들은 만약 하멜이 항해 서기가 아니라 학자였다면 우리가 그

---

*하멜은 VOC 바타비아 총독과 평의원들에게 밀린 월급을 받고자 보고서로 이 책을 쓰게 되었기 때문에, 글의 목적에 입각해 우리나라에서는 '하멜 보고서'로 공식적으로 명명되고 있다.

를 통해 좀 더 많은 것들을 배웠을 거라고 생각한다. 그리피스는 1905년 자신의 연구 『은자의 나라 한국(Corea)』에서 다음과 같이 하멜을 소개하고 있다. "배의 화물 관리인인 하멜은 귀국 후 쓴 책을 통해 단순하고도 직접적인 문체로 그의 모험을 자세히 설명했다." 하멜이 학식 있는 사람이었다면 자신이 겪었던 일을 그토록 꾸밈없이 설명하지 못했을 것이며, 조선이라는 나라와 조선인들에 대해서 알기 쉽도록 묘사하지 못했을 것이다.

17세기 지리학 연구서는 종종 다양한 자료에서 발췌하여 모방한 후 개인적인 의견을 곁들이곤 했다. 이 책의 주석에서 종종 언급된 작가는 니콜라스 비천(1641~1717)이며, 그의 책은 『북쪽과 동쪽의 타타르 지방』의 1692년 초판과 1705년 재판이다. 모든 인용은 재판본에서 따온 것이다. 중세 시대 이후 '타타르 지방'은 중앙아시아를 지칭해 왔다. 비천의 저서는 그가 출판한 지도에 대한 교과서적 길잡이로 계획되었는데, 그의 저서에는 오늘날의 시베리아와 몽골, 한국과 중국을 포함하고 있다. 비천은 수많은 공식 직무를 수행하고 있었는데 바로, 열세 번 역임했던 암스테르담의 시장, 재무 장관, 국회 고문 및 하원 의원, VOC(동인도연합회사)의 상임 이사, 수로 안내 위원 등이다. 그의 서재에는 VOC에서 고용한 작가들의 원고뿐 아니라 외국과 외국인에 대한 작품들이 많았다. 그가 정보들을 어디서 얻었는지는 가끔 불분명할 때가 있다.

『북쪽과 동쪽의 타타르 지방』은 출판물, 일기, 구두 진술, 보고서 등 많은 자료들을 이용하여 거의 독점적으로 별개의 기록들을 한데 묶어 구성되었다.

조선에 대해 묘사하기 위해 비천은 중국과 일본에 관한 몇 개의 출판물을 이용했다. 1637년 네덜란드의 에도 궁정 여행 보고서, 일본에 간 조선 사절단의 묘사 그리고 부선의 마퇴스 에이보컨과 (재판본에서) 이름을 밝힌 베네딕튀스 클레르크가 눈으로 직접 본 설명 역시 활용했다.

문제는 비천이 언제 하멜의 두 동료를 만났느냐는 것이다. 두 선원이 1668년 8월에 암스테르담으로 돌아갔을 때는 이미 VOC 이사회를 만나고 난 후였다. 그 당시 니콜라스 비천은 27세의 청년이었고 모스크바를 다녀온 직후였다(1664-1665). 그들의 만남을 어떻게 상상할 수 있을까? 학식이 뛰어나고 미래가 촉망되는 부유한 젊은이와 비슷한 또래로 인생의 절반을 조선에서 보낸, 자신의 이름조차 서명하지 못하지만 '아시아와 아메리카 대륙은 이쪽에서 만나지 않는다.'라고 말할 수 있는 사환 클레르크.

비천은 1674년에 결혼했고, 1682년에 암스테르담 시장직에 처음으로 임명되었다. 타타르에 관한 그의 책 초판은 1692년에 발간되었는데 '조선에 포로로 잡혀 있던 네덜란드인'에 대해 언급은 되어 있지만, 그 어디에도 하멜의 이름은 없었다.

비천 초상화

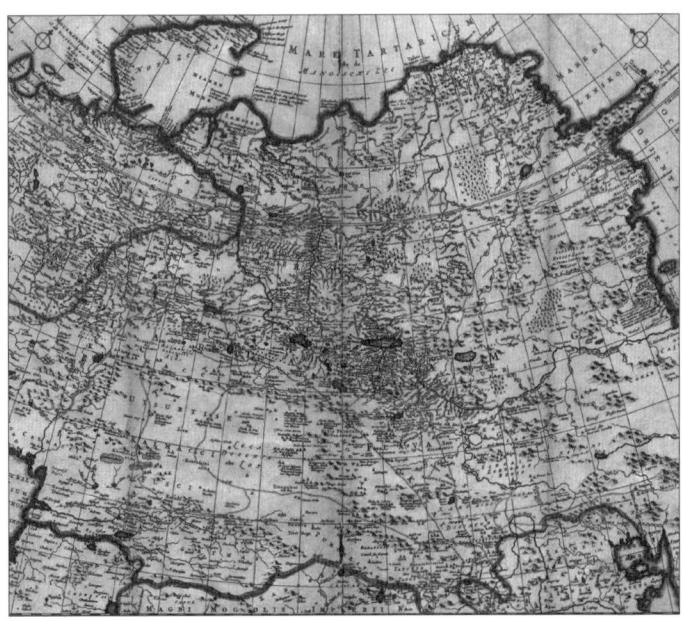
비천이 만든 타타르 지방 지도

1705년에 발간된 재판본에서는 에이보컨과 클레르크가 종종 언급되어 있다. 그들이 네덜란드로 돌아온 지 무려 37년 후의 일이다!

비천의 정보는 종종 매우 비체계적이지만, 17세기 중반 조선의 일상생활에 대한 예기치 않은 일별을 더하기도 한다. 주석에는 주제마다 숫자들이 매겨져 있다.

비천의 공들인 연구와 하멜의 서사를 비교해 보면 하멜의 글이 매우 독자적이라는 사실을 알 수 있을 것이다.

하멜의 일지를 읽는 독자들이 즐거운 이유는, 하멜이 잘 알지 못하는 이국의 사람들과 만났을 때 대부분 그와 동료들이 받았던 환대에 대해 솔직하게 인정하고 있다는 점이다. 자신이 경험하고 관찰한 것들을 솔직하게 설명한 글을 보면 그의 진실함이 보인다. 어디에서도 고의로 잘못 설명한 것은 볼 수 없다. 실수가 있다면, 그건 정말 실수인 것이다.

하멜이 조선의 집과 정원에 대해 쓴 부분에 대한 처칠 판을 보면 "양반의 집 앞에는 일반적으로 분수나 물고기가 노는 연못이 있고 포장된 산책로가 난 넓은 사각형의 정원이 있다."라고 되어 있다. 하멜이 쓴 원고에는 "(귀족들은) 일반적으로 집 앞에 수많은 꽃과 희귀한 식물들, 나무, 바위로 꾸며진 연못과 정원이 있는 안뜰이 있다."로 번역되는 글이 있다. 이 두 글의 차이는 크게 중요하지 않지만 한국에 살았던 사람들은 한국의 정원에 있어서 바위가 얼마나 중요한지 알고 있다. 유럽인 번

역가는 무엇을 참조해야 할지 몰라서 어떻게 하다 보니 바위가 포장된 산책로가 된 것이다. 하멜이 자신이 본 것들을 얼마나 정확하게 묘사하려 했는지를 보여 주는 일례이다.

물론 우리는 하멜과 그의 동료들의 삶에 대해 더 많은 것을 알고 싶어 한다. 하멜은 전라도에 있을 당시 동료들의 죽음에 대해 상세하게 기술하지 않는다. 마찬가지로 조선 여인들과의 생활이나 자식들을 낳았던 사실에 대해서도 언급하지 않는데, 이것은 아마도 네덜란드에 아내가 있던 동료들에 대한 배려 때문인 듯하다. 적어도 개인적인 애착은, 암스테르담으로 돌아온 선원들 중 몇 사람들이 조선과의 통상 관계가 설립될 경우, 조선으로 돌아가고 싶어 했던 이유를 설명해 줄 수 있을지도 모르겠다.

스페르베르호가 제주도에 난파된 후, 36명이 살아남았다는 사실은 이미 잘 알고 있다. 서울로 가는 길에 퓌르메런트 출신의 파윌리스 얀서 콜이 영암에서 사망했다. 서울에 머무는 동안 암스테르담 출신의 일등 항해사 헨드릭 얀서와 하를럼 출신 헨드릭 얀서 보스가 1655년에 사망했다. 1656년, 그들이 병영에 도착했을 때는 모두 33명이었다. 7년 후, 병영을 떠날 때 그들은 모두 22명이 되었다. 11명은 병영에서 사망한 것이 분명하다. 3년 후, 하멜 일행이 탈출한 뒤에 전라도에는 8명이 남게 되었다. 6명이 사망했는데, 4명은 여수에서 2명은 남원에서 사망했다.

16명의 생존자는 다음과 같다. 출처에 따라 그들의 이름과 출신 지역의 표기는 차이가 있다.

헨드릭 하멜, 호린험	1630
호버르트 데니스, 로테르담	1619
디오니스 호베르츠 (그의 아들)	1641
마튀스 이보컨, 엥크하위전	1634
얀 피테르스(드 프리스), 헤이렌베인	1630
헤르릿 얀스, 로테르담	1634
코르넬리스 디르크스, 암스테르담	1635
베네딕튀스 클레르크, 로테르담	1639
요하네스(야콥) 람펜, 암스테르담	1630
헨드릭 코르넬리스 몰레나르, 플릴란트	1629
얀 클라스, 도르드레흐트	1617
야콥 얀선, 플레케런	1619
산더르 부스퀴엇(잔데르트 바스킷), 리스	1625
얀 얀스. 스펠트, 위트레흐트	1631
안토니 윌디르크스(윌드리크선), 흐리턴,	1634
클라스(코르넬리스) 아렌트젠, 우스트부르트/우스타펜(독일 아펜 지역의 마을?)	1639

하멜은 1630년생(세례일 8월 20일)이므로 1666년 나가사

키에서 질의응답을 했을 당시 36세였다. 그의 가족은 네덜란드 호린험 지역의 자본가 계급에 속했다. 그는 1650년 11월 6일, **포헬스트뤼스호**를 타고 네덜란드를 떠났다. 그 배는 VOC에서 운항하는 가장 큰 배 중 하나로, 약 100만 톤급이었으며 300명 이상의 승객과 승무원이 승선할 수 있었다. 1651년 7월 4일, 하멜은 바타비아의 정박지에 도착했다. 바타비아(오늘날의 자카르타로 인도네시아의 수도)에서 일하는 동안 그는 조수에서 서기로 진급하였고 선원으로 한 달에 10길더였던 봉급도 30길더로 올랐다.

1670년에 그는 20년 동안 떠나 있던 암스테르담으로 돌아갔다. 그는 인도 제국으로 두 번째 항해를 떠났고, 1692년 2월 12일에 고향 호린험에서 독신으로 사망했다.

하멜 일지 첫 판본은 1668년에 암스테르담에서 **판 펠선**이, 로테르담에서 **스티흐터르**가 서둘러 출간했다. 그 일지는 회사 내부 보고용으로 작성되었기 때문에 출간에 대해 하멜에게 통지를 했는지는 의문이다. 다음 해인 1669년에 암스테르담에서 출간된 **사흐만** 판은 악어나 코끼리 같은 이국적인 요소로 '미화'되었다. 1670년에 파리에서 출간된 프랑스어 번역본은 이 **사흐만** 판이 사용되었다. 1672년에 뉘른베르크에서 독일어 번역본이 출판되었다. 프랑스어 번역본에서 중역된 영어판은 1704년에 런던에서 존 처칠에 의해 『**항해와 여행의 작품집**』이라는 4권의 책으로 출판되었다(이것은 1918년에 「RAS 한국지부

사흐만 판에 실린 삽화

회보」 9권으로 재출간되고, 또 1971년에 개리 레드야드의 연구 『네덜란드인, 한국에 오다』로 서울에서 재출간 된다). 그러나 이국적인 요소 외에도 실수와 생략으로 인해 작품이 훼손되었다. 예를 들어 "[한국은] 원래 건강한 나라이다."라는 글은 그 부정확함은 말할 것도 없고, 처칠 판에서는 찾아볼 수 없는 구절 중 하나이다.

프랑스어 판을 근거로 번역한 한국어 판은 1930년대에 출간되었고, 1954년에 서울 일조각에서 『하멜 표류기』라는 제목으로 재출간되었다. 이병도*는 이 판본에서 한국과 일본의 자료들로 원문을 보충하였다. 1961~1965년 사이 이쿠타 시게루는

---

*1896~1989, 역사학자이며 교육학자.

작가와 다른 판본에 대하여 141

하멜의 원고를 근거로 한국의 자료로 주석을 달고 증보한 일본어 번역판을 출간했다.

현재 이 영어 번역본은 1920년, 헤이그에서 **린스호텐 학회**가 출간한 **후팅크** 판을 번역한 것이다. 나는 「**하멜 일지**」와 그의 「**조선 왕국에 대한 기술**」의 17세기 네덜란드어 원본을 처음으로 현대 영어로 옮기려고 시도했다. 한국에 대한 서양의 첫 기록물에 좀 더 가까이 접근할 수 있도록 하는 것이 헨드릭 하멜과 한국에 대해 보답하는 길이라고 생각했기 때문이다. 작가는 이 글을 위해 자신의 젊은 시절 중 13년 이상을 지불하지 않았던가.

원본 자체에는 세부적인 내용도, 편집적 장치도 없다. 처칠 판은 여백 부분에 표시가 있다. 나는 연도로 구분했다. 「**조선 왕국에 대한 기술**」에서는 읽기가 편하도록 부분 제목을 삽입했는데 원본에는 없는 것이다. 후팅크 판은 하멜의 귀환 후 쓰여진 짧은 글로 마무리 짓고 있다. 이 마무리는 더 많은 발견을 불러올 수 있는 기법이라는 관점에서 본다면 적절한 결말로 보인다.

하멜의 탈출 후에도 조선은 고립 노선을 유지했기 때문에 국가 질서에 대한 존중이 유지됐으며 국민의 삶도 거의 변화가 없었다. 19세기, 강제로 한국의 문호가 개방되었을 때 한국에 간 이방인들은 2세기 전에 하멜이 관찰했던 것들과 비교할 수 있게 되었다. 하멜의 기술은 결코 쓸모없는 게 아니었다. J.

스코트는 자신이 쓴 「조선 역사의 흩어진 기록들」이라는 글에서 "네덜란드의 화물 관리인 하멜은 조선의 생활 방식과 풍습을 생생하게 묘사하고 있으며, 지금 읽어도 손색없을 만큼 조선 사람들의 모습을 정확하게 전달하고 있다. 포로 생활을 하면서 옮겨 다닌 장소들이 확인되고 있는데, 모든 장면과 모든 이야기들이 잘 전달되고 있다. 언어와 풍속에 있어서 국민들의 보수성이 너무 강해서, 하멜의 묘사는 200년 전의 것이지만 지금 조선 사람들의 생활과 다름이 없다."(**왕립아시아학회 중국지부 저널**, 1893~1894, 215)

후팅크 판은 조선에 대해 쓴 초기 작품들을 많이 인용하고 있고, 그 작품들 중 많은 부분이 이 번역본에서 재사용되거나 주석으로 인용되고 있다.

하멜 일지 주

1. 하멜은 거리를 '밀렌'으로 나타냈다. 후팅크는 '밀렌'이 선원들이 쓰는 이른 바 독일식 마일인데 1밀렌은 약 7.4km이라고 썼다. 그런데 영국식 마일은 약 1.6km이고, 네덜란드 마일은 약 5.8km로, 다른 나라도 이와 비슷했다. '네덜란드 밀렌'을 쓰면 혼란을 피할 수 있을 것이다.
2. 이것은 암스테르담 출신 일등 항해사 헨드릭 얀서가 퀠파르트섬의 존재를 알고 있었다는 사실을 보여 준다. 나가사키에 있는 회사 일일 기록부에는 1647년 11월에 그 섬에 대한 언급이 있다. "생존자 중 한 사람인 마퇴스 에이보컨은 그들이 퀠파르트섬에서 잡혀 있었으며, 그 섬을 알고 있던 일등 항해사는 더 이상 일본에는 그 섬에 대한 권리가 없다고 나에게 말했다."고 비천은 쓰고 있다.(비천, 150) 제주도는 북위 33도 12분에서 33도 30분 사이에 위치해 있는데, 이는 당시의 도구와 조건을 감안한다면 일등 항해사의 관찰이 꽤 정확했다는 것을 알 수 있다.
3. 하멜은 제주의 고을을 언급하지 않지만 목간(목관)에 대해서 이야기하고 있다. 목간은 섬의 행정 지사인 목사의 거주지이다.(한국어 목록 참조)
4. 하멜은 최고 행정관을 'governor(군주)'라고 언급하고 있는데, 제주도는 전라도 행정 구역이었다.(레드야드, 147)
5. "가장 일반적인 음료로 쌀을 끓인 물이다."(그리피스, 은자의 나라 한국, 1905, 267)
6. 광해군은 효종의 큰할아버지였다. 광해군은 1608년에 왕위에 올라, 1623년에 폐위되었다. 처음에는 강화도로 유배되었다가 이후(1637) 제주로 옮겨 가 1641년에 사망한다. 유배되어 있는 동안 그를 왕위에 복위시키려는 움직임이 있었다.(레드야드 25, 148)
7. 1캐티(말레이 어의 '카티')는 약 600그램.
8. 엥크하위전 출신의 부선의 마퇴스 에이보컨은 19세였던 것으로 추정된다.(나가사키에서의 질의응답과 비천의 수많은 언급 참조)

9. 사실 벨테브레이는 아우베르커크호에 의해 나포된 중국 범선으로 옮겨 가 있었다. 폭풍으로 인해 이 배는 조선 해안으로 떠밀려 갔고, 벨테브레이와 동료 두 사람이 잡히게 된 것이다.(레드야드, 36, 그리고 하멜이 데지마섬에 있는 회사의 관리 상관장에게 한 말)

10. '벤주선'은 감독, 통치자라는 뜻의 일본어 부교(*일본 막부 시대에 행정 사무를 담당한 각 부처 장관.—옮긴이 주)의 잘못된 쓰임 같다.(C. J. 퍼넬, 윌리엄 애덤스의 항해 일지, 194)

11. 건진 책 중에는 스페르베르호의 항해 일지도 있었을 것이다.(후팅크 판, 15)

12. 로테르담 출신의 헤르릿 얀스와 호버르트 데니스 그리고 얀 피테르스 드 브리스.(후팅크 판, 16)

13. 중국에서도 이런 관습이 있었는데, 유럽인들은 이를 'cangue(캥)'이라고 불렀다. "칼을 쓰고 사람들 앞에 나서는 것은 형벌이라기보다 비난이나 견책으로 간주되었다. 부끄러운 일도 아니었고, 먹을 것이 주어지고 햇볕을 가려 준다면 신체적으로 그다지 힘든 일도 아니었다. 칼의 무게는 20~30파운드(9~14kg)였는데 목을 쓸지 않게 하면서 어깨에 올릴 수 있도록 만들어졌다. 하지만 너무 넓어서 혼자서 음식을 먹을 수는 없었다. 이름과 사는 곳, 범법 행위 등을 칼 위에 적어 놓고 행인들이 볼 수 있도록 했다. 탈출을 막기 위해 포졸이 배치되었다."(S. 웰즈 윌리엄즈, 더 미들 킹덤, 1890, 509)

14. 퀠파르트는 오랫동안 죄수들의 유배지였기 때문에 섬에 살고 있는 사람들은 무례하고 점잖지 못하다…… 이곳에서는 소나 말을 많이 기른다. (그리피스, 은자의 나라 한국, 1905, 201)

15. 입암산성은 내장산 763m 높이에 있는 산중 요새이다. 저지대에 살던 하멜은 그렇게 산을 올라 본 적이 없었을 것이다.

16. 네덜란드 사람들은 하루에 약 30km씩 이동했다. 서울까지는 최소 12일 걸렸다. 한국 자료에 따르면 그들은 1654년 6월 26일에 서울에 도착했다.(레드야드, 51)

17. 하멜은 '증표'라는 뜻으로 동인도에서 사용하는 말레이 어 '찹'을 썼다. 이 명판은 호패인데 조선에 있는 사람들은 모두 하나씩 가지고 있었다.(레드야드, 52)

18. 조공은 중국에서 가지러 온 게 아니라 중국으로 보내졌기 때문에 이것은 잘못 기술된 것일지도 모른다. "1643년에 조선은 조공의 1/3을 탕감받았다…… 그리고 다음 해에 세자 책봉을 받으러 북경에 갔던 왕자가 고국으로 돌아갈 때 조공의 절반이 탕감되었다…… 매년, 혹은 반년에 한 번 북경으로 조공을 보냈다. 상인 여러 명을 달려 보냈는데 그들은 조공의 몇 배가 되는 이익을 챙겨서 돌아왔다."(로스, 히스토리 오브 코리아, 288, 365)

19. 하멜은 왜 동료들과 함께 귀양 가게 됐는지 이유를 말하지 않고 있는데, 그건 아마도 외국인들이 왕의 군대를 훈련시키고 있었다는 사실을 감추려고 그런 것 같다. 북경에서는 조선의 새 왕(효종)에 대해서 쉽게 의심했다.(그리피스, 은자의 나라 한국, 1905, 172)

20. 서울에서 남동쪽으로 약 25km에 위치한 남한산성은 자연 요새이다. 가파른 경사면은 적이 접근하는 것을 막아 준다. 남한산성은 1621년 광해군이 축조하였다. 1635년 겨울, 만주는 남한산성을 포위 공격하였고, 이에 인조는 항복하고 만주의 왕에게 충성을 서약하게 되었다.

21. 테일은 중국의 무게 단위로, 37.8그램에 해당한다.

22. 홍제교 부근에는 만주의 특사가 관복을 벗고 여행복으로 갈아입는 숙박소(홍제원)가 있었다.(레드야드, 135)

23. 훈련도감원의 자료에는 이들 두 사람의 한국 이름이 언급되어 있는데, 헨드릭 얀서는 남북산, 헨드릭 얀서 보스는 남이안으로 되어 있다.(레드

야드 60-61) 모든 네덜란드인들에게 남씨 성을 주었는지 의문이 생긴다.

24. "네덜란드 포로들을 이끌었던 일등 항해사가 만주 사절단과 함께 달아나고자 했을 때, 조선 사람들이 그는 참수형에 처했고 나머지 우리들은 죽이겠다고 협박했다."(비천, 50) 벨테브레이가 죄수들의 운명에 대해 말하지 못한 것인지, 아니면 말하지 않은 것인지 이상한 일이다.(후팅크 판, 26) 조선의 자료에는 다음과 같이 적혀 있다. "청나라 사절단이 왔을 때 네덜란드 사람 남북산은 사절단이 돌아가는 길목에서 사절단에게 다가가 힘든 일들을 늘어놓으며 자기 나라로 돌려보내 달라고 애원했다. 청나라 사절단은 깜짝 놀라 그를 조선 측으로 돌려보내며 통지가 있을 때까지 잡아 두라고 했다. 몹시 긴장한 데다가 우울감에 빠져 있던 남북산은 식음을 전폐하다 죽고 말았다. 조정은 이 일에 대해 매우 걱정하였으나 청나라에서는 더 이상 아무것도 묻지 않았다.

25. 이것으로 보아 하멜은 한국어를 잘한 사람에 끼지 못한 것으로 보인다.(후팅크 판, 26)

26. 경우에 따라 그들을 통역으로 쓰려던 것이었을까?(후팅크 판, 26)

27. '우측 해군 수비대'를 뜻하는 우수영은 해남에서 서쪽으로 약 30km 지점에 위치해 있다.

28. 부산 동래에 있던 일본인 숙박처. 1876년까지 일본인들의 이 점유지는 1592년부터 1597년까지의 전쟁에서 조선의 굴욕적인 패배를 보여 주는 증거였으며, 국가적 자존심에 흠집을 내는 장소였다.(그리피스, 은자의 나라 한국, 1905, 150)

29. 17대 왕 효종은 아버지가 볼모로 보낸 목덴(*선양의 만주식 명칭.-옮긴이 주)에서 정치 이력을 시작했다. 즉위 2년인 1650년에 그는 수군을 창설했으며, 1659년에 사망했다. 18대 왕 현종은 목덴에서 태어났는데 아버지보다 1년 앞서 조선으로 돌아왔다.(파커, '코레아', 차이나 리뷰 14, 63)

30. '인접한 지방에 쌀이 부족할 것을 대비해서 쌀 저장고를 해안의 특정 장소 몇 군데에 두었고, 구호물자를 배분한 공적에 따라 국가나 지방에서 상을 내렸다.'(파커, '코레아', 차이나 리뷰 14, 129)

31. 하멜은 여수라고 하지 않고 새성, 내성이라고 했다. 내례포에 위치한 전라좌수영(좌수영)을 말하는 것이다(레드야드, 70). 1593년까지 이곳은 조선의 가장 유명한 수군 사령관(수군통제사 이순신)의 수군 본부였다.

32. 순천은 조선 왕조 초기 지방 수군 지휘소였다.

33. 남원은 한때 전라북도의 행정 중심지였다. 남원 성채의 유적은 아직도 남아 있다.

34. 1656년 전라병영에 도착했을 때 그들은 33명이었다. 7년 후 22명이 되었는데, 나머지 11명은 사망한 것이 분명하다.

35. 여수 앞바다의 작은 섬 오동도는 각종 대나무로 유명한데, 과거 조선 궁수들이 쓰던 화살을 만드는 데 쓰였다.

36. "그들의 배는 앞과 뒤가 모두 납작하고 물 위로 약간 들린다. 항해를 할 때는 노를 이용하며 방탄 기능이 없다. 특별한 허가가 있을 때를 제외하면 육지에서 보이지 않을 만큼 멀리 나가지 못한다. 멀리 가기에는 부적합하기 때문이다. 배는 엄청나게 가볍게 만들어졌다. 철이라고는 좀처럼 찾아볼 수 없고 나무못이 사용되었다. 닻도 나무로 만들어졌다. 그들은 중국까지 항해가 가능하다."(비천, 56) "조선인들은 바다를 터전으로 먹고사는 민족이 아니다. 아주 드문 경우를 제외하고는 먼 바다로 항해하지 않는다. 고깃배의 선수와 선미는 아주 비슷하고 나무못을 깔끔하게 박아 두었다. 돛대로는 둥근 나무 둥치를 자연 상태 그대로 사용한다. 돛은 짚을 대나무 가로장과 엮어 만드는데 선미에 있다. 한국인들은 바람의 3점(*항해 시 바람 세기의 단위.―옮긴이 주) 내에서는 항해를 아주 잘한다. 그리고 어부들은 그 조정에 아주 능숙하다."(그리피스, 은자의 나라 한국, 1905, 195) "조선인들은 일본

으로 항해하는 일이 좀처럼 없지만, 일본이 어디에 있는지 알고 있으며 얼마나 떨어져 있는지도 알고 있다. 네덜란드인들이 조선 사람들의 말을 엿듣지 않았다면 절대 일본으로 달아날 수 없었을 것이다. 네덜란드인들은 지도도 없었을 뿐 아니라 그들 중 일본에 가 본 이가 아무도 없었기 때문이다."(비천, 44)

37. 1664년 11월 27일, 커다란 혜성이 보였는데 다음 해인 1665년까지도 보였다.(홀란드스 머큐리스 15, 1665, 183)

38. 리처드 콕스 2세의 일기, 1618년 11월 7일부터 12월 23일, 93-105부분 참조.

39. "이곳(피란도) 사람들은 혜성을 본 것에 대해서 많은 말을 한다. 전쟁이 일어날 전조라며 나에게 이 혜성의 의미가 무엇인지, 어떤 일을 야기할지에 대해 아는지 물었다. 나는 내가 살고 있는 곳에서 혜성을 많이 보았지만, 그 의미는 신만이 아실 뿐 나는 모른다고 대답했다."(리처드 콕스 2세의 일기, 1618년 11월, 94-98)

40. "전라 좌수영의 전임 수군통제사 이도빈은 규칙을 조금도 어기지 않았다. 그는 자신의 임무를 아주 성실하게 수행하여 모든 관가나 성벽, 요새뿐 아니라 배, 군사 장비 들이 부서지면 빠짐없이 정비해 두었다. 특히 병사들을 사랑과 배려로 보살폈다. 그는 상하 질서를 엄격하게 따지지 않았다. 부관들을 맞이하고 보내는 데 드는 제복 비용을 감당하기 위한 곡식과 옷감 제공에도 관대했다. 그의 명령 아래 수비군으로 파견된 지역 민병대와 정규군은 오늘날까지도 그를 칭송하고 있다. 1666년 12월 25일."(레드야드, 72)

41. "조선 사람들은 이미 천 년 전부터 화약과 인쇄술 그리고 나침반을 알고 있었다고 말한다. 그들의 나침반은 우리 나라의 것과는 달라 보이는데, 앞은 뾰족하고 뒤는 뭉툭한, 작은 나무토막이다. 물이 든 양동이에 이것을 던지면 뾰족한 끝이 북쪽을 가리킨다. 그 안에 자기력이 들어 있는 것이

분명하다. 조선인들은 나침반의 여덟 방위를 알고 있다. 열십자(十) 형으로 놓인 나무 조각 두 개로 된 나침반도 있는데 튀어나온 끝이 북쪽을 가리킨다.(비천, 56)

42. 겨울에는 북풍과 서풍이 불고, 여름에는 남풍과 동풍이 분다. 일본 해안과 그 인근에는 남쪽 섬들을 제외하고 북동 계절풍이 불지 않는다.(레인, '일본의 기후', 아시아틱 소사이어티 오브 저팬 회보, 6권, 1878, 507&509)

43. 진짜 거리는 약 210km.

조선 왕국에 대한 기술 주

1. "베네딕튀스 데 클레르크가 조선은 인구 밀도가 높다고 말해 주었다." (비천, 47)

2. 하카타로 추정된다.

3. "1653년 조선에 포로로 잡혀 있던 사람 중 하나였던 마퇴스 에이보컨은 산세가 높고 거칠어 일반적으로 만주에서 육로를 통해 이 나라로 이동하는 것은 불가능하다고 나에게 말했다. 하지만 만주에서 조선으로 향하는 육로가 반드시 존재하는데, 그 이유는 자신이 조선에 있는 동안 중국 황제가 조선 왕에게 말 여섯 필을 보냈기 때문이라고 했다. 그는 말이 도착하는 것을 직접 목격했다."(비천, 44)

4. "고래에서 발견된 네덜란드 작살을 확인한 것에 관해, 로테르담 출신이면서 조선에서 13년간 포로로 있었던 베네딕튀스 클레르크와 이야기를 나누었다. 그는 고래에서 그 작살들을 뽑는 현장에 있었다고 말했다. 그는 젊은 시절 동료들과 함께 고기를 잡기 위해 네덜란드를 떠나왔기 때문에 그 작살들을 알아볼 수 있었다. 그리고 그는 조선 사람들에게 고래를 잡기 위한 특별한 포경선과 도구들이 있다고도 말했다. 그래서 그와 그의 동료들은 노바야제믈랴(*러시아 북서부에 위치한 군도.-옮긴이 주)와 스피츠베르겐(*노르웨이 북부에 위치한 섬.-옮긴이 주)사이에 고기가 지나가는 수로가 있는 것이 분명하다고 결론 내렸다. 조선 선원들은 북동쪽으로 넓은 바다가 펼쳐져 있다고 말했다. 그들은 아시아 쪽으로부터 그 수로를 발견하는 것이 더 쉬울 거라고 생각했다. 북만주에서 작은 배들이 매일 도착했는데, 청어 같이 북해에서 나는 고기들을 싣고 있었다. 그래서 클레르크는 아시아와 아메리카 대륙이 이쪽에서 연결되어 있지 않다고 결론 내렸다."(비천, 43-44)

5. 조선 사람들은 바다에서 좋은 소금을 만드는 방법을 알고 있다. 네덜란드 사람들은 청어를 소금에 절여 저장하는데 이런 방식은 알려져 있지 않

다.(비천, 57)

베네딕튀스 클레르크는 "청어는 비늘을 벗기고 먹으며 10마리씩 꾸러미로 묶어 판다. 그 끈은 짚을 꼬아 만든다."라고 내게 말했다.

6. 노바야제믈랴와 러시아 남쪽 섬 사이의 해협은 바이가치라고 한다.

7. "고려 인삼은 약효가 아주 뛰어나 모든 약이 듣지 않을 때 최종적으로 사용하는 약이다. 인삼이라는 한자 이름은 인간 몸을 닮았다는 생각에서 비롯되었다. 인삼은 깊은 산속에서 많이 나는데, 만주의 진짜 인삼은 잎이 나는 줄기와 가운데 뿌리 그리고 거기서 뻗어 나온 두 개의 뿌리로 이루어진다. 뿌리는 인삼의 나이를 가늠할 수 있는 나이테로 덮여 있는데, 나이가 많을수록 인삼의 품질을 높이 친다. 1891년, 조선 인삼은 캐티당 10.14테일의 가치가 있었다……"(코울링, 백과사전, 중국, 1917, 206) "만주 야생 인삼의 가치는 거의 금과 맞먹는다. 조선의 반 야생 인삼의 가치도 은과 맞먹는다. ……보통 인삼은 약으로 묘사되지만, 중국 사람들의 의견에 따르면 놀라운 회복 효과를 가진 식용 강장제이다."(파커, 중국, 과거와 현재, 273)

8. "왕의 궁은 알크마르(*네덜란드 서부의 도시로 면적은 약 31㎢이다. - 옮긴이 주)만 한데 궁은 돌과 진흙으로 쌓아 올린 담으로 둘러싸여 있다. 담 맨 위의 돌들은 마치 수탉의 벼슬처럼 생겼다. 궁 내부에는 수많은 집이 있는데, 규모가 아주 큰 집도 있고 작은 집도 있다. 그리고 온갖 종류의 유람지가 있다. 궁에는 왕의 배우자와 첩이 살고 있는데, 다른 사람들과 마찬가지로 진짜 아내는 한 사람이다. 당시 조선의 왕은 아주 거칠고 힘이 센 사람이었는데, 턱 아래 활시위를 걸어 활을 구부리고 한 손으로 활을 당길 수 있었다고 한다."(비천, 59) 하멜과 그의 동료들이 조선에서 포로로 지냈던 13년의 시기는 효종(1649-1659)과 현종(1659-1674) 재임기였다. "명목상 군주인 그는, 늙고 백발이 성성하면서도 기득권을 내려놓지 않는 특권층과 봉

건적 제도 아래 있는 힘 있는 세도가들의 손아귀에 놓여 있었다.(그리피스, 은자의 나라 한국, 1905, 228-229)

9. 하멜이 말하고 있는 '타타르'는 만주를 뜻하는 것이다.

10. 조선 사람들은 부싯돌식 발화 장치에 대해 모른다. 그들은 도화선이 있는 총을 사용하지 않는다. 약 65mm 두께에 내부가 동판으로 덮인 가죽 총을 사용한다. 가죽의 두께는 5~12cm까지 이른다. 총은 군대가 이끄는 말로 수송한다. 약 1.7m 길이인 이 총으로 큰 대포알도 충분히 맞힐 수 있다.(비천, 56)

마퇴스 에이보컨이 "전쟁선은 셀 수 없이 작은 철제 조각을 장착하고 수많은 화기로 무장하고 있다."고 말했다.(같은 책, 50) 이것은 그 유명한 거북선에 관한 언급으로 보인다.(언더우드, 한국의 배, 이순신의 거북선 참조)

조선의 해안에는 곳곳에 망루가 네 개씩 서 있다. 첫 번째 망루에서 불을 하나 붙이면 소규모의 긴급 상황이라는 뜻이고 위험이 커 갈 때마다 두 번째, 세 번째, 네 번째 망루에 차례로 불을 붙인다.(같은 책, 59)

11. 승려는 세 가지 계급으로 분명하게 나뉘어져 있는 것 같다. 학승은 배우고 익히는 일과 불교 경전 편찬 그리고 대사가 참석하는 불교 의식에 힘쓴다. 중은 탁발하며 돌아다니는 승려로 사찰을 세우고 유지하기 위한 자선금과 기부금을 구걸한다. 군사적인 승려(승군)는 수비대 역할을 하고 무기 사용법을 익힌다.(그리피스, 은자의 나라 한국, 1905, 333)

12. '불탔다' 혹은 '불의 영접' 의식은 승려의 맹세를 행하고 나서 이루어진다. 머리를 깎은 후 부싯깃 역할을 할 원뿔형 뜸쑥을 남자의 팔에 올려놓는다. 작은 뜸쑥에 불을 붙이면 천천히 살갗 속으로 타들어 가면서 쓰리고 아픈 자국을 남기게 되는데, 이 상처는 신성함의 증거가 된다. 이 의식은 입문식과 같은데, 만약 맹세를 어기면 이 고통스러운 의식을 반복한다. 이런

식으로 종교적 규율이 유지된다.(그리피스, 은자의 나라 한국, 1905, 335)

13. 불교와 함께 중국인들의 관심을 받는 도교는 조선에서는 거의 알려진 바가 없다.(로스, 한국 역사, 355)

14. 조선의 18대 왕 현종은 목덴에서 태어났다. 그는 비구니들이 있는 사찰을 모조리 파괴했다.(파커, '코레아', 차이나 리뷰 14, 63)

15. 마퇴스 에이보컨은 조선 사람들이 중국 사람들처럼 이교도적 신앙을 가지고 있지만 그 누구도 종교 문제에 있어서 강요당하지 않는다고 나에게 말해 주었다. 심지어 그들은 다른 네덜란드 포로가 우상을 조롱하는 것을 너그러이 참았다.(비천, 55) 조선에서는 네덜란드의 집채만 한 크기의 동상들을 볼 수 있다. 또 대부분의 사찰에서 세 개의 동상이 나란히 서 있는 것을 볼 수 있다는 게 특징이다. 같은 옷을 입은, 같은 형태의 동상인데 가운데 서 있는 것이 항상 가장 크다. 에이보컨은 그 속에 성삼위일체의 그림자가 감추어져 있다고 판단했다.(같은 책, 56-57)

클레르크의 말에 따르면 "조선 사람들은 신이 있다는 사실을 자각하지 못하는 건 아니다. 그들은 두려움 때문에 악귀를 숭상한다. 수도승들은 구걸하며 전국을 다니고 참배한다."고 한다.(같은 책, 47)

15a. 고위직 사람들의 집 지붕은 일반 기와와 함께 다른 색깔의 고령토로 구운 기와로 만들어져 멋진 광경이 연출된다. 평민들의 집은 초가지붕이다. 지붕에 20피트(6m) 정도로 긴 건초 다발도 보인다.(비천, 49)

조선 사람들은 유리에 대해서는 모른다. 집의 창문은 기름종이로 덮여 있다. 술잔이나 작은 병 같은 유리 제품들이 있는데, 이것들은 일본이 네덜란드 상인들을 통해 수입한 것을 다시 조선으로 들여온 것이기 때문에 아주 값비싸다. 우리 나라에서는 창문이 유리로 되어 있다 하니 그들은 믿을 수 없어 한다.(같은 책, 56)

방바닥 아래 관을 만들어 두는 게 관습이다. 이 관들은 대략 1피트(30cm) 높이인데 방 밖에 있는 화로에서 방 전체에 열을 전달하는 역할을 한다.(같은 책 57)

16. 접대는 가장 신성한 의무 중 하나로 간주된다. 아는 사람이든 모르는 사람이든 식사 시간에 온 사람에게 끼니를 대접하지 않는 것은 큰 과실이자 부끄러운 일이다. 가난한 자가 먼 곳으로 여행을 떠날 경우 꼼꼼한 준비는 필요 없다. 밤에 숙소로 가 돈을 낼 필요 없이 아무 집이나 들어가면 된다. 그 집의 행랑채는 누구에게든 열려 있기 때문이다. 그는 그곳에서 분명히 그날 밤 잠자리와 음식을 해결할 수 있을 것이다.(그리피스, 은자의 나라 한국, 1905, 288-289)

사람들이 아주 온순하고 상냥하고 친절하고 인정 많고 예의 바르기 때문에 조선을 여행하는 것은 아주 안전하다.(비천, 58)

17. 매년 왕은 조상의 무덤을 찾아가 제사를 지내고 연회를 열어 저승에 있는 이들의 명복을 빈다. 에이보컨은 왕을 모시고 몇 백 년 된 무덤가에 간 적이 있다. 산속 우묵한 곳에 자리한 그 무덤은 철제문을 통해 들어갈 수 있었다. 도성에서 약 6~8마일(35~45km) 떨어진 곳이었다. 고인은 철이나 주석으로 만든 관에 누워 있는데, 시신은 몇 백 년 동안 썩지 않도록 방부처리 되어 있다. 왕이나 왕비가 매장되면 젊은 남자 노비와 여자 노비를 무덤에 남겨 둔다. 철문을 닫기 전에 그들이 먹을 약간의 음식을 남기는데 이 음식을 다 먹고 나면 노비들은 저승에서 주인을 모시기 위해 죽어야 한다.(비천, 56) (이 관습은 이씨 조선 왕조에서는 존재하지 않았다. 에이보컨의 상상력이 그렇게 믿도록 한 것 같다. 왕의 무덤은 각자 다른 곳에 위치한다. 윌버 베이컨의 '이씨 왕조 왕과 왕비의 무덤들' RAS 회보 33, 1957, 1-40쪽 참조.)

17a. 클레르크 : "조선 사람들은 아주 소심하다. 그래서 두려움 때문에 종종 스스로 목을 매기도 한다. 그런데 조선에서는 이런 일이 매우 존경받을 일로 여겨진다."(비천, 47)

에이보컨: "조선 사람들은 아주 소심해서 타타르(청나라)족과 일본 사람들을 극도로 두려워한다. 전쟁이나 싸움이 일어날 것 같으면 그 전날 두려움으로 수백 명이 스스로 목을 맬 정도이다."(같은 책, 58)

조선의 고위직들은 독약이 든 작은 주머니를 허리띠에 붙이고 다니는 습관이 있다. 독약이 필요한 순간이라 판단되면 그들은 그 자리에서 스스로 목숨을 끊는다.(같은 책, 59)

지체 높은 여인들은 베일(쓰개치마)을 쓰고 다니는데, 모르는 남자들로부터 자신을 감추기 위해서이다.(같은 책, 58)

조선 사람들은 아주 깔끔하고 단정해서 소변을 볼 때는 쪼그리고 앉는다. 일반적으로 일생에 딱 한 번 결혼하지만, 남자들은 아내가 죽으면 첩을 둘 수 있어서 대부분의 여자들은 첩이 될 가능성이 있다.(같은 책, 59)

조선 사람들은 젓가락과 숟가락을 이용해 음식을 먹는다.(같은 책, 50)

클레르크는 김치에 대해 다음과 같이 언급하고 있다. "조선 사람들은 온갖 것들을 가지고 음식을 만들어 먹는 관습이 있는데, 특히 덩이뿌리 식물도 먹는다."(같은 책, 47)

18. "1651년, 화폐로 포목 사용을 금지하고 동전(엽전)을 쓰도록 하는 법령이 내려졌다. 당시까지 동전 사용에 반대하는 무리들이 모든 수단을 이용해 동전 사용을 억제하고 쌀과 포목을 사용할 것을 주장해 왔다. 이제 이 무리는 빠른 속도로 사라져 갔다. 그러나 이들은 5년 후, 다시 한 번 더 동전을 사용하라는 법령을 무효화시키는 데 성공하지만 그때쯤 사람들은 동전 사용에 너무나 익숙해져서 스스로 동전을 만들기 시작했다. 1687년, 쌀과 포목

은 화폐 기능을 영원히 상실하게 되었다."(M. 이치하라, '옛 한국의 화폐 제도' RAS 회보, 한국지부, 1913, Ⅱ, 61)

그들은 동전을 사용하지 않지만 무게에 따라 작은 주괴로 지불한다.(비천, 57)

19. 외국인은 모두 이 나라에 들어오는 것이 허락되지 않는데, 부산에 정착촌이 있는 일본인들의 경우는 예외다.(비천, 57)

조선은 도기를 아주 잘 빚는데, 특히 주문에 따라 무늬를 넣은 아름다운 그릇들은 그 가치가 상당히 높아 일본에서 많이 찾는다. 조선 도기의 섬세함은 일본 도기보다 훨씬 뛰어나기 때문이다. 도기는 주로 여인들의 손으로 빚어진다.(같은 책, 59)

조선에서 짠 비단은 아주 아름답다.(같은 책, 50)

조선에서는 뽕나무로 가득한 밭을 볼 수 있는데, 이는 비단을 생산하기 위해서다.(같은 책, 50)

조선에서는 비단이 많이 생산되는데 외국인들은 이 비단을 사지 않는다. 값이 아주 싸기 때문이다. 하지만 이제 쓰시마를 경유해서 일본과 일부 교역이 있는데, 이 때문에 일본에 있는 네덜란드 비단 무역상들이 신경을 쓰고 있다.(같은 책, 59)

무척 유능한 장인들이 많다. 여자들은 자수에 아주 능한데, 에이보컨은 비단에 전투 장면을 완벽하게 수놓은 것을 본 적이 있다.(같은 책, 57)

"1643년, 조선에서 조공의 1/3을 보냈다. ……다음 해 황제는 세자 자리를 확인받기 위해 북경으로 갔던 왕의 아들을 조선으로 보낼 때 조공 절반을 돌려보냈다. ……강희·옹정·건륭 황제(*만주족이 무려 3세기 동안 유지되는 기반을 닦았던 청나라 초창기의 세 황제.―옮긴이 주)는 조선 사람을 중국 사람처럼 대하며 십일조(1/10)만 내라고 했다."(로스, 한국 역사, 288)

"1년에 한 번, 혹은 반년에 한 번 북경으로 조공을 보냈다. 다수의 상인들이 이때 동행하는데, 그들은 조공보다 훨씬 많은 이익을 가지고 돌아왔다." (같은 책, 365)

20. 에이보컨은 구리, 주석, 철 광산뿐 아니라 금광, 은광도 목격했다. 조선에는 은이 아주 많다. 광산 개발권은 특별한 사람들에게 부여하고, 왕은 광산에서 세금을 걷는다. 조선의 구리는 색이 아주 밝고 소리가 아주 맑다. 에이보컨은 광산에서 금맥을 본 적이 있고 심지어 강에서 사금을 캔 적도 있다. 금광은 은광이나 다른 광물의 광산처럼 많이 개방되지는 않았는데 그 이유를 에이보컨은 알 수 없었다.(비천, 58)

다이아몬드는 발견되지 않았는데, 이따금 발견될 경우에는 아주 값비싸게 취급된다.(같은 책, 50) 조선에는 초석(礎石)이 아주 많이 생산된다. 수은도 있다.(같은 책, 58) 에메랄드, 사파이어 등 이곳에서는 알려지지 않은 다른 보석들도 있다.(같은 책, 58)

조선에서는 모든 흙이 경작 가능하다. 밀과 쌀로 스페인산 포도주의 맛과 비견되는 좋은 음료를 만든다. 본토에서 떨어진 곳에 섬이 많은데, 그중 몇몇 섬에서 담배를 경작하고 다른 곳에서는 번식을 위한 목적으로 말을 기르기도 한다.(같은 책, 50) 포도도 자라긴 하지만 완전히 잘 영그는 경우는 드물어 그 포도로는 포도주를 만들지 않는다. 조선에서는 가지치기를 하지 않고, 과일을 어떻게 재배하는지 모른다. 말렸을 때 아주 맛있는 '감'이라는 과일은 무화과와 비슷하다.(같은 책, 50) 조선에는 우리 나라뿐 아니라 다른 나라에서도 볼 수 있는 다양한 열매들이 있다. 밤, 호두, 버찌, 검은 버찌, 모과, 석류, 벼, 귀리, 밀, 콩, 채소와 다양한 덩이뿌리 같은 것들이다. 육지에는 가금류, 꿩, 거북이가 많다.(같은 책, 57)

21. 기후는 전 세계에서 가장 청명할 뿐 아니라 건강에도 좋다는 사실은

의심할 여지가 없을 듯하다. 외국인이 풍토병으로 고생하는 일은 없다.(이사벨라 버드, 한국과 그 이웃 나라들, 1897, 16)

어느 정도 괜찮은 외과의가 조선에도 있다.(비천 57) 양반들은 노비 중 일부에게(어떤 사람들은 노비 수백 명을 거느리기도 하는데 그중에) 치료법을 배우게 한다. 하지만 양반이 죽으면 의사는 거의 살아남지 못한다.(같은 책, 59) 조선 사람들은 환자들을 매우 두려워해서 종종 환자들을 들판으로 데려가 오두막에 버리는데 그곳에는 보살피거나 치료해 줄 사람이 아무도 없다.(같은 책, 57)

22. 조선에는 훌륭한 말들이 있고, 우리 나라에서처럼 사람들이 말을 탄다. 타타르와는 다르다. 어떤 섬에서는 말들을 풀어 놓고 자유롭게 돌아다니게 한다.(비천 I, 58)

조선에는 소가 아주 많지만 사람들은 버터나 치즈를 먹지 않는다. 동물들의 피라고 말하며 우유도 먹지 않는다. 말과 함께 개는 (붉은색을 제외하고) 식용으로 쓰이는데 조선 사람들은 이 고기가 아주 맛있다고 생각한다.(같은 책, 57)

23. 조선 사람들은 중국 사람들처럼 붓으로 글을 쓴다. 한번은 타타르 사절단이 궁을 방문해서 이 왕국을 지배하고 보호하는 수단이 무엇이냐고 묻자, 왕이 '붓으로 지배하고 보호한다.'고 대답했다고 한다. 그러자 타타르 인이 자신의 화살 통에서 화살을 꺼내 '우리는 이것으로 나라를 보호하고 지배한다.'라고 말했다고 한다.(비천, 58)[확인할 수 없는 재미있는 대화, 보스 박사]

에이보컨의 판단에 의하면 조선어는 중국어와 일치하는 것이 전혀 없다. 에이보컨은 조선어를 아주 잘하지만 바타비아에 있는 중국인들은 에이보컨의 말을 이해하지 못했다. 하지만 서로의 글은 읽을 수 있다. 그들은 글을 쓰는 방식이 한 가지 이상이다. 언역(한자에서 한글로 '번역'한다는 의미. 닥터 보스)은 글을 쓰는 방식인데, 우리가 쓰는 필기체처럼 모든 문자가 서로 연결되어 있다. 일반 사람들은 이것을 사용한다. 다른 방식은 한자 쓰기와 똑같다.(같은 책, 59)

이미 천 년 전부터 조선은 인쇄 기술을 알고 있었다(그들은 그렇게 말한다).(비천, 56) 조선에서는 온갖 일들을 노래에 담아 부르는 게 풍습이다. 그래서 사람들은 매일같이 과거나 현재의 영웅담을 담은 노래를 듣는다. 인쇄된 책에는 그런 이야기가 한가득 담겨 있다.(같은 책, 56)[이것은 광대와 관련된 이야기가 분명하다. 그들은 '기분을 전환시켜 주고, 알고 있는 이야기들로 연기와 노래를 하는' 전문적인 연예인이다. 그들은 특히 전라도에서 활동한다. 피터 J. 리, 한국 문학: 토픽과 테마. 86쪽]

"가난한 여자들은 결코 학교에 갈 수 없지만 대부분 한글을 사용했는데, 한글은 우리가 아는 한 가장 아름답고 완벽한 문자이다. 앉은 자리에서 단숨에 익힐 수 있기 때문이다."(로스, 315)

24. 조선의 왕은 좀처럼 볼 수 없기 때문에 멀리 떨어진 곳에 살고 있는 사람들은 그가 초인이라고 생각한다. 그들은 우리에게 왕에 대해 물었다. 왕이 말을 타고 나와 사람들이 보게 되는 일이 적을수록 그해 농사는 풍년이라고 여겨진다. 왕이 행차할 때면 길에 개 한 마리도 얼씬거려서는 안 된다.(비천 57)

보통 사람들은 왕의 얼굴을 들여다봐서는 안 된다. 왕이 다가가면 사람들은 자신의 얼굴을 감추거나 돌아서야 한다.(같은 책, 58)

25. "왕은 좀처럼 궁을 떠나 다른 도시나 시골로 외출하지 않는다. 왕의 외출은 아주 대단한 행사이기 때문에 백성들에게 사전에 알린다. 길을 깨끗하게 청소하고 왕의 행렬이 이동하는 동안 사람들이 지나다니는 것을 막기

위해 경호원을 세운다. 모든 문은 닫아야 하며 각 집의 주인들은 복종의 상징으로 빗자루와 쓰레받기를 손에 쥐고 문 앞에서 무릎을 꿇어야 한다. 누군가 왕을 내려다보지 못하도록 모든 창문, 특히 위쪽 창문은 종이로 봉인해야 한다. 부당한 처벌을 받았다고 생각하는 사람들은 왕에게 호소할 수 있다. 그런 사람들은 길옆에 서서 배틀도어(*배드민턴의 전신.-옮긴이 주) 채처럼 굴렁쇠에 가죽을 펼쳐 만든 작고 납작한 북을 두드린다. 왕이 지나가면서 그들의 이야기를 듣거나 대나무에 끼워진 탄원서를 받는다."(그리피스, 은자의 나라 한국, 1905, 222)

| 옮긴이의 말 |

지금 우리 곁에 와 있을지 모를 하멜을 위해 잊지 말아야 할 정신

 조선 효종 4년이던 1653년, 지금의 인도네시아 자카르타를 출발해 나가사키로 향하던 네덜란드 동인도연합회사 소속의 스페르베르호가 풍랑을 만나 제주도에 표착한다. 이때 살아남았던 헨드릭 하멜은 이 배의 회계사이자 서기로서, 13년간 조선에서 생활하며 보고 겪은 일들은 기록했는데, 그것이 바로 이 『하멜 표류기』이다. 하멜은 조선에 억류되어 있던 동안 밀린 월급을 받으려고 동인도연합회사에 이 보고서를 제출했는데, 그것이 조선을 서양에 소개한 최초의 문헌이 되어 오늘날 역사적 가치를 지니게 되었다.
 하멜이 살던 시대의 유럽은 대항해 시대였다. 항해술이 발달하여 새로운 항로를 개척하던 시기였고, 신대륙과 같은 지리상의 발견과 함께 세계를 무대로 한 무역을 통해 부를 축적하던 때였다. 대항해 시대의 선두 주자는 포르투갈과 스페인이었다. 그런데 '무적함대'로 불리던 스페인이 영국에 패배하고, 유럽 국가들의 후원을 받은 네덜란드가 스페인으로부터 독립하며 판세가 바뀌기 시작한다. 이후 선박 확보에 총력을 기울였던 네덜란드는 영국마저 제치며 세계 무역을 독점하다시피 하게 된다. 이렇게 새롭고 신기한 물건들이 유럽으로 유입되며 미지의 세계는 유럽인들의 열망으로 자리 잡는다. 표류했을 당시 23세였던 하멜은 당대의 유럽인들과 같은 꿈과 환상을 품고 배를 탄 젊은이였을 것이다.

일본 나가사키를 향해 가고 있던 스페르베르호가 기상 악화로 제주도에 표착했을 때 그들은 그곳이 중국이라고 생각했다. 하멜은 조선 사람들을 보고 '중국식 옷'을 입었다고 쓰고 있기 때문이다. 그도 그럴 것이 당시 유럽의 지도를 보면 중국이나 일본은 꽤 세세하게 지명이 나타나 있는 반면, 조선은 위치만 표시되어 있을 뿐 알려진 바가 없는 나라였다.

들도 보도 못한 동양의 나라에 불시착한 서양인들에게 꿈과 환상은 산산조각 나고, 생존을 위한 고군분투가 얼마나 극심했을지 상상하기란 어렵지 않다. 당시 조선은 임진왜란과 병자호란을 겪은 후 국가적 힘이 취약했다. 특히 오랑캐로 여긴 청나라에 대해 적대적이었음에도 겉으로는 평화적 관계를 유지해야 했다. 기록을 보면, 조선은 불시착한 외국인이 있을 경우 명

나라로 보낸 관행이 있었다. 하지만 명나라가 패망하고 청나라가 들어선 이후, 조선과 청나라의 외교 관계가 불명확해지면서 하멜 일행은 그저 조선에 억류되게 된다. 이뿐만 아니라, 조선 현종 때는 유래를 찾기 힘들 정도로 자연재해가 심각했던 시기였다. 추위가 혹독하여 봄에 동해가 얼었다는 기록이 있을 정도였으니, 기근이 얼마나 심했을지 알 만하다. 그래서 하멜 일행이 매일 먹을 것과 땔감을 찾으러 다니느라 옷이 다 해졌다는 내용이 허투루 보이지 않는다.

이런 상황에서 하멜 일행은 악의에 차 있거나 폭압을 일삼는 관료를 만나 온갖 노역에 시달리고, 곤장을 맞으면서도 선의를 베푸는 평범한 사람들의 도움을 받아 조선 생활에 적응해 간다. 또 승려들과 친하게 지내면서 탁발승들과 함께 음식을 구걸하기도 한다. 경제적으로 황금기를 보내던 네덜란드 근세 사람이었던 하멜 일행은 황폐하고 가난해진 조선 땅에 와서 그야말로 산전수전을 다 겪었던 셈이다.

역사적 가치가 있으면서도 개인적이고, 정보적이면서도 내밀한 경험이 깃든 이 책은 우리에게 무척 낯설게 느껴진다. 또한 우리가 흔히 사극이나 역사책을 통해 접한 조선과는 또 다른 조선을 보는 것 같아 이국적이기까지 하다. 그 시대를 직접 경험한 서양인의 시각은 우리에게 생경한 조선 사람들을 손에 잡힐 듯이 상상하게 해 준다. 어쩌면 이 책이 처음으로 출판되었을 당시에 유럽 사람들이 느꼈던 것 또한 이런 게 아니었을까?

17세기 초·중반의 네덜란드는 세계에서 국민 소득이 가장 높은 나라였다. 경제적으로 풍족해진 국민들은 미지의 세계에 대한 탐험이나 모험담을 좋아했고, 이에 출판사들도 독자들의 요구에 맞춰 그런 이야기들을 앞다퉈 출판했다. 조선에 대한 하멜의 보고서 또한 독특한 것을 보고 싶어 하는 당시 독자들의 욕구를 충족해 주기에 안성맞춤이었다. 그리하여 1668년, 어떻게 유출되었는지 알 수 없지만 하멜의 보고서는 유럽 각국에서 동시 출간되었고, 베스트셀러가 되었다.

이 책을 읽다 보면 독자들은 자연스레 이런 의문을 가지게 될 것이다. '왜 조선 사람들은 외국인을 좀 더 적극적으로 탐구해 보려 하지 않았을까?' 하는 아쉬움이 담긴 의문 말이다. 유교 중심의 중국 문물만을 고집하지 않고, 이렇게 배를 타고 제 발로 '넝쿨째 굴러온' 서양인을 두려움 없이 적극적으로 받아들였다면 우리나라 역사는 과연 어떻게 변했을까?

인간을 미래로, 보이지 않는 세계로 나아가게 하는 중요한 원동력을 꼽자면 낯선 것에 대한 '호기심'과 새로운 것에 대한

'열린 마음'일 것이다. 새로운 것, 낯선 것을 두려워하지 않고 다가가는 호기심과 열린 마음이 없었다면 인류는 지금처럼 눈부신 발전을 이루지 못했을 것이다. 그리고 그 호기심과 열린 마음은 위기라는 환경에서 더 빛을 발할 것이다.

우리는 지금 호기심이 사라지고 있는 시대를 살고 있다는 생각이 든다. 궁금할 틈이 없다. 쏟아지는 정보를 다 받아들이지 못해 뒤처진다는 위기감까지 든다. 그렇게 힘든 현실 속에서 마음도 닫혀 간다.

하지만 주위를 한 번 둘러보자. 어쩌면 우리 곁에는 350여 년 전처럼 또 다른 하멜이 와 있을지도 모른다. 그 옛날 조선 사람들이 놓쳐 버린 것처럼 우리도 혹시 놓치는 것은 없을까? 지금 나를 두렵게 하는 것이 있다면, 지금 내 앞에 다가온 변화가 있다면, 호기심과 열린 마음으로 다가가 보는 건 어떨까.

-옮긴이 최지현

1218 보물창고는 1218세대를 위한 지식과 지혜가 가득한 곳간으로 삶과 세상을 보는 새로운 눈을 뜨게 해 줍니다.

❶ 작가처럼 글쓰기-네 안의 작가를 꺼내라! 랄프 플레처
❷ 13살의 경제학, 돈은 이렇게 버는 거야 게리 폴스
❸ 우리 함께 죽음을 이야기하자 게어트루트 엔놀라트
❹ 철학을 담은 잔소리 통조림 마크 젤먼
❺ 그리스 로마 신화의 영웅들 버나드 엡슬린
❻ 어린이와 청소년을 위한 백범일지 김 구, 박지숙
❼ 어린이와 청소년을 위한 난중일기 이순신, 박지숙
❽ 어린이와 청소년을 위한 우리 옛시조 윤선도 외, 미술연필
❾ 시튼의 아름다운 야생 동물 이야기 어니스트 톰슨 시튼
❿ 한 권으로 독파하는 셰익스피어 찰스 램, 메리 램
⓫ 어린이와 청소년을 위한 열하일기 박지원, 박지숙
⓬ 어린이와 청소년을 위한 삼국유사 일 연, 강숙인
⓭ 유배지에서 보낸 정약용의 편지 정약용, 박지숙
⓮ 어린이와 청소년을 위한 구약 성서 이야기 헨드릭 W. 반 룬
⓯ 어린이와 청소년을 위한 신약 성서 이야기 헨드릭 W. 반 룬
⓰ 어린이와 청소년을 위한 목민심서 정약용, 박지숙
⓱ 말랄라의 일기 이미애
⓲ 어린이와 청소년을 위한 논어 공자, 박지숙
⓳ 하멜 표류기 헨드릭 하멜
⓴ 위대한 발명의 실수투성이 역사 샬럿 폴츠 존스
㉑ 어린이와 청소년을 위한 징비록 유성룡, 박지숙

헨드릭 하멜 1630년 네덜란드 호린험에서 태어나 1950년에 동인도연합회사(VOC) 소속 선박의 포수로 첫 승선한 후 빠르게 승진해 서기와 보좌관에 이어 선박의 항해 유지와 재정을 맡는 회계원이 되었다. 1653년 스페르베르호에 회계원으로 승선해 바타비아(현재의 자카르타)를 떠나 일본의 나가사키로 가던 중 폭풍우로 인해 제주도에 표착했다. 1654년에 서울로 송환되었다가 1656년 전라병영으로 이송되어 10년간 억류되어 살던 중, 1666년 일곱 명의 동료들과 일본으로 탈출했다. 하멜은 조선에 억류되었던 13년간 밀린 월급을 받기 위해 보고서를 VOC에 제출하였는데, 이것이 오늘날 우리에게 『하멜 표류기』로 알려지게 되었다. 1692년에 고국 네덜란드에서 생을 마감했다.

최지현 부산에서 태어났으며 부산대학교에서 국어국문학을 공부했다. 2005년에 '푸른문학상'을 수상하며 작품 활동을 시작했고, 번역문학가로도 활동하고 있다. 옮긴 책으로는 『니임의 비밀』, 『문제아』, 『그 소년은 열네 살이었다』, 『안네의 일기』, 『빨간 머리 앤』, 『시튼의 아름다운 야생 동물 이야기』, 『한 권으로 독파하는 셰익스피어』, 『하멜 표류기』 등이 있다.